AF281393

Falk Hartmann

Demons Dawn

Buch 1

Bibliografische Information der Deutschen Nationalbibliothek:
Die Deutsche Nationalbibliothek verzeichnet diese
Publikation in der Deutschen Nationalbibliografie;
detaillierte bibliografische Daten sind im Internet
über http://dnb.dnb.de abrufbar.Die automatisierte Analyse
des Werkes, um daraus
Informationen insbesondere über Muster, Trends und
Korrelationen gemäß §44b UrhG („Text und Data Mining")
zu gewinnen, ist untersagt.

Lektorat: Vorname Name oder Institution
Korrektorat: Vorname Name oder Institution
weitere Mitwirkende: Vorname Name oder Institution

Verlag: BoD · Books on Demand GmbH, In de Tarpen 42,
22848 Norderstedt, bod@bod.de
Druck: Libri Plureos GmbH, Friedensallee 273, 22763 Hamburg

ISBN: 978-3-7597-8296-0

Inhaltsverzeichnis

Der kalte Wind des Mittags trieb Schneeflocken in das Gesicht von Finia Iraney, so zart, dass man sie mit kleinen Elfen hätte verwechseln können. Leise rieselten sie vom grauen Himmel herab und kamen erst auf dem gefrorenen Boden zum Ruhen.

Finia sah ihrem Treiben zu, ignorierte die Kälte. Wie lange sie vor der kleinen Kapelle des Dorfes saß, wusste sie nicht. Die niedrige Mauer, die den Friedhof umgab, war hart und ebenso kalt, aber das Mädchen störte sich nicht daran.

Wann ihre Mutter wohl kam, um sie von ihrem Platz abzuholen? Finia hatte ihr versprochen, solange zu warten, bis die Beerdigung ihres Onkels vorbei war. Draußen auf der Mauer, außerhalb der heiligen Hallen, in denen es wohl genauso kalt war wie auf der Mauer.

Es war unhöflich ihrem Onkel gegenüber, das wusste Finia. Das Schuldgefühl lauerte in ihr, wartend wie sie selbst.

Aber sie konnte nicht. Sie konnte nicht in die Kapelle, wo das friedliche Gesicht ihres toten Onkels in einem schlichten Holzsarg lag. Wo nichts auf sie wartete, bis auf die vom Kummer erfüllten Gesichter der Dorfbewohner, die um Dracos Iraney trauerten und ihn auf seiner letzten Reise begleiten wollten.

Der Schmerz, ihren Onkel verloren zu haben, machte Finja ganz taub. Sie wollte weinen und schreien, durch das Dorf laufen. Überall hin.

Nur nicht in die Kapelle.

Solange Finia denken konnte, hatte sie keine Kapelle mehr betreten, seit sie vor Jahren bei ihrem ersten Gottesdienst singen sollte. Anstatt zu singen, hatte sie zu schreien angefangen, sie war ganz blass gewesen. Totenblass. War bewusstlos.

Seit diesem Ereignis, das niemand sich erklären konnte, mied Finia die Kapelle. Selbst für ihren Onkel konnte sie nicht über die Mauer springen, den kleinen Hügel hinauf laufen und das kümmerliche Gotteshaus betreten.

Es war das einzige Gebäude im Dorf, das aus Stein bestand, und der hohe Glockenturm ragte in den grauen Himmel. Das dichte Schneetreiben verdeckte seine Spitze und das Symbol der Sonne, das hoch oben thronte.

Finia fröstelte. Die Glocken läuteten und verkündeten das Ende des Trauergottesdienstes. Leer und merkwürdig hohl hallte es über das Dorf hinweg, über die leeren Häuschen, deren Bewohner aus der Kapelle traten, einen Sarg zwischen sich. Weiß wie der Schnee zu Finias Füßen wurde er über den Friedhof getragen, den die Mauer umgab. Unter fernem Wehklagen versammelten sich die Dorfbewohner im Osten und sahen, in schwarz gehüllt, dem Sarg zu, der mit seinen kümmerlichen Blumenkränzen in irgendeinem Loch verschwand. Man schaufelte ihn zu, noch während ein alter Mann eine Rede des Abschieds hielt.

Es war so ermüdend, der Menge zuzusehen, und Finia wandte ihnen den Rücken zu. In der Hoffnung, sie würden diese Trauer gleich mit begraben, die wie eine Seuche über dem stillen Acker lag.

Nach einer Weile zerstreute sich die Menge. Einige blieben noch am Grab stehen, andere kamen auf Finia und das schmiedeeiserne Tor zu, neben dem sie wartete. Eine der letzten war eine junge Frau. Wie all die anderen war sie ganz in schwarz gekleidet, einen Schleier vor ihrem von Tränen geröteten Gesicht. Langsamen Schrittes kam sie den Hügel herab auf Finia zu.

Clay Iraney hob erst kurz vor dem Tor des Friedhofs den Kopf. Unverändert saß ihre Tochter auf der Mauer, dort, wo sie sie zurückgelassen hatte, Schnee glitzerte in ihren langen, roten Haaren.

Diese roten Haare… Jedes Mal aufs Neue erinnerten sie Clay an ihren seit Jahren verschwundenen Mann. Jedes Mal aufs Neue an den Abend, an dem sie sich schlafen legten. Und jedes Mal aufs Neue an den Morgen, an dem die andere Bettseite neben ihr leer war.

Das war nun über vierzehn Jahre her.

„Mutter!"

Der Ruf ihrer Tochter riss Clay aus ihren Gedanken, die ihr erneut die Tränen in die Augen trieben. „Finia, da bist du ja", sagte sie und zwang sich zu einem Lächeln. „Komm, lass uns nach Hause gehen."

Ihre Tochter nahm sie bei der Hand, eiskalt war sie nach all der Zeit des Wartens, und zog ihre Mutter mit sich. Leere, vom Schnee nahezu eingemauerte Gassen zwischen ärmlichen Häusern hindurch.

Es war so schrecklich still im Dorf. Alle waren bei ihren Familien Zuhause und wärmten sich an einem herrlichen Feuer im Ofen, auf dem das Essen kochte. Clay sehnte sich bereits nach ihrem eigenen Haus, das am Ende der Gasse auftauchte. Von allen sah es am ärmlichsten aus, das Dach war erneut undicht. Gleich am nächsten Tag würde sie jemanden suchen gehen, der es reparieren konnte.

Zugleich fielen Clay die Töpfe auf dem Herd ein, in denen noch diese Kartoffelsuppe lauerte.

Die letzte Ernte war schlecht ausgefallen und so ziemlich das einzige, was sie sich noch leisten konnten, waren Kartoffeln.

Das einzige, was die Raubritter auf ihren Streifzügen zurückgelassen hatten.

Der Weg zur Haustür war erneut völlig zugeschneit. Mühsam kämpfte sich Clay ihrer Tochter voraus durch die Schneemassen. Schwer lagen sie auf dem Dach und drohten, es zum Einsturz in die Knie zu zwingen. Sie begleiteten sie bis hinein in die Hütte und erschwerten es, die schiefe Tür zu öffnen und wieder zu schließen. Um den Großteil der Kälte draußen zu lassen.

Die Hütte bestand nur aus drei Zimmern: der Küche, in der noch etwas Glut im Ofen für Wärme sorgte, das kleine Zimmer, in dem Clay und Finia schliefen, und dem angrenzenden Stall, in dem nur noch ein Pferd übrig geblieben war.

Hungrig fiel Finia wenig später über die karge Kartoffelsuppe her, die Clay ihr auf den zerkratzten Esstisch stellte. Clay sah ihr zu, müde von der Trauer um Dracos, und wärmte ihre noch immer kalten Hände an dem Holzteller vor sich.

In der Kapelle war es noch kälter gewesen als draußen. Ihre Knie hatten gezittert, als Clay vor den Altar getreten war und hinab in Dracos' Sarg geblickt hatte, den man dort für den Abschied aufgestellt hatte. Sie hatte hinab gesehen in sein bleiches und dennoch so ruhiges Gesicht, lächelnd, als träume er vom warmen Sonnenschein, der ihn wärmte.

Alle im Dorf waren gekommen. Alle. Alle, bis auf ihre eigene Tochter, die auf einer heißen Kartoffel herum kaute.

„Warum konntest du nicht wenigstens für Dracos in die Kapelle kommen?", fragte Clay und konnte einen gewissen anklagenden Ton in ihrer Stimme nicht unterdrücken. „Er ist… Er war dein Onkel!"

Finia schwieg und ein Ausdruck von Trotz trat auf ihr Gesicht. Und der Bruder von Vater, schien dieser hinzuzufügen.

Clay löffelte an ihrer Suppe, die allmählich den Geschmack von altem Pergament angenommen hatte.

Dracos war der letzte gewesen, der ihr etwas von ihrem Mann hätte erzählen können. Sie erinnerte sich noch so deutlich an den Tag ihrer Hochzeit, als Dracos sein Trauzeuge gewesen war. Er hatte so glücklich neben seinem jüngeren Bruder gestanden, der mit vor Stolz geschwellter Brust wie ein Pfau dagestanden hatte, und dessen Gesicht mehr und mehr in Clays Erinnerungen verblasste und verschwand.

„Es wird schon dunkel." Clay erhob sich und räumte die geleerten Teller vom Tisch. „Kannst du noch das Pferd füttern? Er ist schon so alt und ich weiß nicht, ob er diesen Winter noch überlebt."

Wie von einem Drachen gebissen, sprang Finia auf und huschte in den Stall.

Irgendwie spürte Clay, dass es in dieser Nacht ungewöhnlich kalt werden würde. Besorgt trat sie an eines der Fenster, die Fensterläden aus modrigen Holzlatten waren geschlossen, da das Glas schon lange gesprungen war. Durch die Ritzen der Latten spähte sie hinaus in die Dunkelheit der Nacht, die unbemerkt über das Dorf gekommen war wie ein schwarzer Schatten.

Das Dorf, in das Flake ritt, wirkte ausgestorben. In nur wenigen Häusern brannte noch Licht, auf den Gassen war niemand mehr unterwegs. Offenbar kümmerte sich niemand darum, dass sie frei vom Schnee waren, um sie passieren zu können.

„Faules Menschenpack", knurrte Flake und trieb sein sich sträubendes Pferd auf die ersten Häuser zu, an einem halb verwitterten Holzschild stand der Name des Dorfes. „Elinas… Schon wieder… Die Einwohnerzahl ist auch schon wieder dreimal durchgestrichen worden. Die letzte war eine dreiundvierzig… Es wird stets mickriger…"

Flake ignorierte die schwarzen, vom Eis starren Bänder, mit denen man das Schild geschmückt hatte, und ritt im Schritttempo weiter. Hoch waren die Bauernhäuser nicht, klein und dicht an dicht gereiht. Fürchteten die Bewohner hier etwa die düsteren Schatten, die sonst an ihren Häuserwänden entlang huschen könnten? Flake lachte kurz auf bei diesem Gedanken.

Die Gasse endete direkt am Fuße eines Hügels. Dunkel ragte eine Kapelle auf seinem Haupt aus dem dunklen Schneegestöber hervor. Von ihrem Friedhof ging der Geruch des Todes aus, vermischt mit frischer, kalter Erde.

Flake warf dem Gotteshaus einen angewiderten Blick zu und scheuchte sein Pferd auf ein schmales Gasthaus zu. Er brachte das Tier in einen angrenzenden Stall, stieg aus dem Sattel und drückte die Zügel einem blondhaarigen Jüngling in die Hand, der eine Box ausmistete. „Kümmere dich um mein Pferd, Kleiner", sagte Flake kurz und wandte sich dem Gasthaus zu.

Drinnen im Schankraum brannte noch Licht. Flake trat hinein und ließ den Blick über die schwarz gekleideten Bewohner wandern, der Großteil bestand aus Bauern. Sie alle waren ungewöhnlich still, das Feuer des Kamins knisterte.

„Guten Abend, Fremder", sagte der Wirt, der am Tresen stand und einen Bierkrug schrubbte. „Zu so später Stunde noch draußen in der Kälte unterwegs -?"

„Habt Ihr ein Zimmer für mich frei, guter Mann?", fuhr ihm Flake dazwischen. „Ich habe eine lange Reise hinter mir und will mich in Eurem Haus etwas ausruhen."

Der Wirt stutzte und musterte ihn voller Verwunderung mit seinen Fischaugen. „Äh, ja, Herr", stammelte er und deutete auf eine schmale Holztreppe neben dem Tresen. „Ja, oben müssten noch ein, zwei Zimmer frei sein. Kann ich Euch vielleicht etwas anbieten?"

Flake musterte die schweigsamen Bauern. „Ja", antwortet er. „Informationen. Warum sind hier alle so trübsinnig und mundfaul?"

„Ich muss doch bitten, der Herr!" Der Wirt seufzte. „Einer unserer engsten Freunde im Dorf ist vor ein paar Tagen verschieden. Heute war seine Beerdigung."

„Oh. Tut mir leid", sagte Flake trocken. „Wer war es denn?"

„Sein Name war Dracos", sagte der Wirt. „Dracos Iraney."

Iraney?!

„Er war so etwas wie das Oberhaupt unseres Dorfes", redete der Wirt betrübt weiter, ohne zu bemerken, dass sein Krug längst sauber und Flakes Gesicht erstarrt war. „Er hat sich um alles gekümmert, Feiern organisiert, bei der Ernte geholfen. Zudem war er der fähigste Arzt in der Gegend! Es ist ein schwerer Verlust."

„Leben noch Verwandte von ihm hier?", hakte Flake nach, kein Interesse an dem Geplapper des Mannes. „Andere mit dem Namen Iraney?"

„Ja, schon", gab der Wirt zu, ein bisschen überrascht. „Zum einen die Ehefrau seines Bruders, Clay, zum anderen deren Tochter Finia Iraney. Sie wohnen in einem Haus am anderen Ende des Dorfes."

„Danke", murmelte Flake, nahm den Zimmerschlüssel, den der Wirt ihm reichte, und wandte sich ab. „Gute Nacht."

Ohne den Wirt noch eines Blickes zu würdigen, schritt Flake an den versammelten Trauernden vorbei und erklomm die Treppe. Mit jeder Stufe schlug sein Herz schneller. Offenbar hatte es sich gelohnt, hierher zu kommen, dachte Flake und grinste, das Pochen schmerzte schon fast vor Aufregung. „Vielleicht finde ich hier endlich, wonach ich schon so lange suche…"

KAPITEL 2: AUF DER JAGD

Ein kalter Luftzug weckte Iro. Draußen war es noch stockfinster und der Junge hatte keine Ahnung, ob es noch früh am Morgen oder bereits Mittag war. Grummelnd rieb er sich das Gesicht, das unter seiner Decke hervor lugte. Am liebsten wäre Iro noch liegen geblieben, tief eingerollt in seinem Strohsack, der ihm als Bett diente. Wäre die Decke nur nicht so kratzig gewesen…

Von nebenan tönte Geraschel und Gepolter in die kleine Schlafkammer. Pater Arturius suchte vermutlich wieder einmal seine Lesebrille, seine heiligen Bücher oder eines der Werke, die er für seine nächste Predigt nutzen konnte.

Iro gab es auf, unter seiner muffigen Decke Schlaf zu finden, und schlüpfte hastig in seine Hosen. Im Arbeitszimmer des Pastors herrschte ein heilloses Durcheinander. Bücher, die aus den Regalen gewissen worden waren, türmten sich gefährlich nahe am Feuer des Kamins zur Decke empor. Auf dem Pult des Pastors lag noch ein Teller mit Brot und Käse.

An einem noch zur Hälfte gefüllten Regal stand der Pastor, das schüttere Haar zerzaust, und blätterte fahrig in einem Buch umher. Iro ging auf ihn zu, schnappte sich das Brot und ignorierte, dass es schon seit dem letzten Abend ungerührt auf dem Teller gelegen hatte.

„Ah, Iro!", begrüßte ihn Arturius und wandte kurz den Kopf nach ihm, die Lesebrille ließ seine Augen wie die eines Fisches aussehen. „Ich wollte gerade Marianne nach dir schicken, damit sie dich weckt. Clay Iraney war vor einer guten Stunde bei mir. Sie bat mich, dich zu ihr zu schicken. Ihr Dach ist schon wieder löchrig wie ein alter Käse…"

Iro musterte den Käse auf seinem Brot und schluckte den Rest hastig hinunter. „Ich mache mich gleich auf den Weg", sagte er. „Ich wollte ohnehin kurz nach Finia sehen."

„Sie war gestern nicht auf Dracos' Beerdigung", murmelte Arturius und vertiefte sich wieder in sein Buch. Es war nicht selten, dass man sich mit ihm unterhielt und er einfach ein Buch zückte, es las und zugleich über diverse Themen diskutierte. „Richte Clay noch einmal mein Beileid aus. Und vergiss deinen Mantel nicht!"

„Natürlich nicht!", rief Iro und stapfte bereits die Stufen der Treppe hinunter zum Flur des Hauses. An der Tür hing sein dicker Mantel, den ihm Arturius geschenkt hatte, warf ihn sich über und huschte hinaus in den Schnee.

Arturius' Häuschen stand auf dem Hügel der Kathedrale und hatte einen kleinen Innenhof, auf dem ein Brunnen stand. Marianne, die Magd des Pastors, war gerade dabei, Wasser zu schöpfen, und hob grüßend die Hand. Iro nickte und schlurfte durch den hohen Schnee über den Hof und den Hügel hinunter.

Das Dorf lag begraben unter einer fast einen halben Meter dicken Schicht aus kaltem Weiß und die Schneemassen erschwerten es Iro, voranzukommen. Frierend kam er am Gasthaus vorbei, an dem Stall, wo er am Abend zuvor das Pferd dieses Fremden versorgt hatte.

Er konnte sich gar nicht daran erinnern, wann zuletzt ein Reisender durch Elinas gekommen war.

Es war kaum jemand auf den zugeschneiten Gassen unterwegs. Nur Martell, der Schmied, kam Iro mürrisch entgegen. Er war einer der paar Leute im Dorf, die auch mal auf ihren Reisen etwas anderes von der kleinen Grafschaft Liriana sahen als das kümmerliche Dörfchen, in dem alle ihr Leben lang festsaßen.

Martell nickte Iro stumm zu und marschierte schweigend weiter, sein Mantel war viel zu eng für seine kräftigen Arme. Er war wohl wieder einmal auf dem Weg zu einem der Bauern, um deren Feldgeräte zu reparieren. Sie mussten in Takt sein für die Ernte und das Frühjahr war nah.

Das Haus von Finia und ihrer Mutter lag am Rand des Dorfes, ein paar Meter entfernt von dem nun leer stehenden Haus ihres Onkels.

Iro verzog das Gesicht. Er hatte Dracos Iraney gemocht, sogar sehr. Niemand in bestimmt ganz Liriana konnte so gute Geschichten von Drachen, Dämonen, Rittern und schlauen Räubern erzählen wie er. Gar oft hatten sich die Bewohner des Dorfes nachts in einer alten Scheune am anderen Dorfrand versammelt, um eine von Dracos' wilden Geschichten zu hören.

Iros Lieblingsfigur in Dracos' Geschichten war der legendäre Anführer einer Räuber-bande an der Grenze zu den anderen Reichen. Wenn er es genau nahm, sah der Räuber in seinen Vorstellungen genauso aus wie er selbst, mit blondem Haarschopf, geschmeidigen Bewegungen – und diesem gewissen Sinn für Gerechtigkeit.

Der kalte Schnee, der von einem nahen Dach in Iros Kragen fiel, riss ihn aus seinen wirren Gedanken, und er fand sich vor der Haustür der Iraney-Hütte wieder.

Iro trat ein. Clay Iraney stand am Herd und rührte in einem ausgebeulten Topf herum, ihre langen, blonden Haare im Nacken zusammengebunden. Trotz der Hitze, die der Herd im Raum verströmte, trug sie einen dicken Wollmantel um die Schultern.

Beim Knarren der Tür schreckte sie hoch. „Oh!", rief sie aus und wandte sich zu ihm um. „Iro! Das ging aber schnell. Ich hoffe doch, Pater Arturius hat dich nicht extra geweckt?"

„Nein, nein", lachte Iro. „Habt ihr schon Stroh hier, das ich für das Dach benutzen kann? Sonst gehe ich noch schnell los und hol welches."

„Wir müssten noch ein paar Ballen übrig haben", entgegnete Clay und deutete auf die Tür zum Stall. „Sie stehen in der vorderen, leeren Box. Die Leiter und alles andere müssten auch irgendwo sein…"

„Ich geh's mal holen", sagte Iro und huschte durch den Raum in den Stall.

Es war ein kleiner, angrenzender Raum, durch dessen Holzwände eiskalter Wind herein pfiff. Früher hatten in den drei Boxen Pferde gestanden, aber nun war nur noch ein altes, klappriges Tier übrig geblieben, eine fransige Decke auf dem knochigen Rücken. Finia fütterte es mit ein paar Äpfeln, die in einem Korb zu ihren Füßen lagen. Sie hob den Kopf, als Iro hinter sie trat, und wischte sich etwas getrocknetes Stroh aus den Haaren.

Iro hatte noch nie so glatte, rote Haare gesehen und er wusste auch von niemandem, der rote hatte. Sie umrahmten ihr blasses Gesicht, das sich bei seinem Anblick etwas entspannte.

„Hallo Iro", begrüßte sie ihn mit einem Lächeln.

„Hallo", nuschelte er schüchtern. „Arturius schickt mich. Ich soll euer Dach reparieren."

Finia nickte und fütterte den Hengst weiter, der ihr die Äpfel gierig aus der dargebotenen Hand schleckte.

Ein Schweigen setzte ein, in dem Iro nicht wusste, wohin er blicken sollte, um nicht das Mädchen anzustarren. Er schritt in die angrenzende Box und schnappte sich einen der wenigen Strohballen. „Du warst gestern gar nicht auf der Beerdigung", sagte er, zerrte sich den Ballen auf den Rücken und schleppte ihn durch die Tür nach draußen, wo er auch die lange Leiter aufstellen konnte. „Warum bist du nicht gekommen? Er war doch dein Onkel!"

„Du klingst schon wie meine Mutter, Iro", meinte Finia unbekümmert „Dabei weißt du genau, dass ich Gotteshäuser nicht leiden kann."

„Und in all den Jahren, die wir uns nun schon kennen, habe ich es nie ganz verstanden." Iro nahm sich einen Apfel und hielt ihn dem Hengst hin, der ihn gleich verschlang. „Irgendwann gehe ich fort von hier. Ich will die Welt sehen, so wie Dracos! Kommst du mit mir?"

„Ich kann nicht", lehnte Finia ab und sah Iro direkt in die Augen, so offen, dass es ihm ganz unangenehm war. „Meine Mutter hat doch niemanden mehr außer mir. Was soll aus ihr werden, wenn ich einfach gehe? Dann ist sie doch ganz allein, jetzt wo auch mein Onkel tot ist."

Es war erschreckend, wie ruhig sie über den Tod sprechen konnte, während ihn alle anderen fürchteten. „Und warum willst du gehen?", fragte sie Iro.

Iro grunzte, klopfte die Flanke des Pferdes und meinte: „Was soll ich hier? Hier ist nichts, meine Eltern sind eh das ganze Jahr auf Reisen und irgendwann werden die Raubritter unser ruhiges Elinas auf einem ihrer Züge niederbrennen. Da möchte ich lieber nicht mehr hier sein."

„Rede nicht so!", rügte ihn Finia und schritt aufgebracht zur Tür. „Selbst wenn sie kommen, ich lasse es nicht zu, dass sie meine Heimat zerstören!"

Mit diesen aufgebrachten Worten verschwand sie durch die Tür und ließ Iro zurück. Geistesabwesend verfütterte er den letzten Apfel an den Hengst und machte sich mit einem Seufzer daran, auf das Dach zu klettern.

Finia lehnte sich mit dem Rücken an die Hauswand, der Schnee wehte ihr auf das Haar. Von der anderen Seite des

Hauses hörte sie Iro, der neues Stroh auf dem Dach verteilte, um die Löcher darin zu stopfen.

Was wusste er schon… Er konnte einfach nicht begreifen, dass Elinas für Finia etwas Besonderes war. Eine Zuflucht vor den schrecklichen Dingen, die außerhalb der Höfe lagen. Diese Dinge, die Reiche auseinander rissen und Menschenleben forderten.

Elinas war der einzige Ort, an dem sich Finia ihrem Vater nahe fühlte. Wie sie war er hier geboren worden und hatte jahrzehntelang im Dorf gelebt. Bis zu dem Tag, an dem er spurlos verschwunden war.

Vor Jahren hatte Iro ihr den Vorschlag gemacht, in die Welt hinauszuziehen, um Tronas Iraney zu suchen. Alle außer ihnen glaubten, dass er längst gestorben war, weit weg von Elinas, auf irgendeinem Acker in fremder Erde verscharrt.

Finia rieb sich mit der kalten Hand über das Gesicht, das ganz feucht war von ihren Tränen. Sie vermisste ihren Vater so sehr, auch wenn er in ihren Gedanken nur noch ein Schatten ohne Gesicht war.

Reiß dich zusammen!, ermahnte sie sich selbst. Ihr Blick fiel auf den Holzeimer neben sich, in dem sonst Wasser war. Jetzt war er leer. Finia nahm ihn mit sich und machte sich auf den Weg zum Brunnen, der auf der anderen Seite des Dorfes lag.

Auf ihrem Weg merkte Finia gar nicht, dass es bereits dunkel wurde und das Schneetreiben dichter. Am Marktplatz, der am Fuße des Kathedralenhügels lag, herrschte bereits Nacht und in den Fenstern des Gasthauses und den anderen Gebäuden brannte Licht. Flackernd fiel es heraus auf die dunklen Straßen.

Finia fröstelte und beschleunigte ihre Schritte, der Eimer schlug ihr gegen die Beine. Niemand war in dieser kalten Nacht unterwegs, in der irgendetwas anderes war als sonst. Etwas lag in der Luft, das Finia zittern ließ.

Endlich tauchte vor Finia der schmale Brunnen auf. Eine knorrige Straßenlaterne ließ ihr Licht auf ihn und Finia herabfallen. Hastig zerrte Finia an dem Seil und hievte den Eimer des Brunnens herauf, japste unter dem Gewicht des gefrorenen Wassers. Schwappend füllte es ihren eigenen Eimer und lief Finia über die Hände.

So schnell es ihr die zusätzliche Last ermöglichte, hetzte Finia den schnellsten Weg zurück durch die finsteren Gassen. Das wenige Licht aus den Häusern ließ ihren Schatten zittrig vor ihr her tanzen.

In einer dunklen Gasse blieb Finia stehen. Vor ihr an der nächsten Ecke standen zwei düstere Gestalten im Halbschatten einer Straßenlaterne. Durch das dichte Schneetreiben waren sie kaum klar zu erkennen und einzig ihre silbrigen Umhänge stachen aus allem hervor.

Finia brauchte nicht lange zu überlegen, ob sie die beiden kannte. Sie kamen nicht aus Elinas und wohl auch nicht aus Liriana, ihre Stimmen waren gedämpft. „Ich glaube, niemand hat etwas bemerkt", meinte der linke von ihnen und lachte hämisch auf. „Was für dumme Bauern... Merken nicht einmal, dass man einen von ihnen ermordet hat!"

Ermordet?

„Brüll noch weiter herum und sie werden es doch noch merken", ermahnte ihn der rechte. „Dieser Dracos hat uns lang genug an der Nase herumgeführt!"

„Reg dich nicht auf", sagte der andere wieder. „Wir haben ihn gewarnt... So oft haben wir ihn gewarnt, dass es ihm irgendwann schlecht bekommen wird, wenn er sich weiter in unsere Angelegenheiten einmischt..."

„Mit den Silberfüchsen ist halt nicht zu spaßen!"

„Du sagst es."

Mit diesen Worten wandten sie sich um und ihre Blicke fielen auf Finia. Wie erstarrt stand sie da von dem, was sie mit angehört hatte.

Die Fremden starrten sie an. „Hey!", rief einer von ihnen, Finia wusste nicht wer, ihre Gesichter lagen verborgen unter ihren Kapuzen. „Kleine, was suchst du so spät noch auf der Straße? Solltest du nicht längst Zuhause bei Mami und Papi sein?"

Er lachte.

Lauf weg!, dachte Finia, ihre Beine wollten ihr nicht gehorchen. Jetzt lauf schon weg! Oder schrei zumindest um Hilfe, lauf und schrei!

Finia öffnete den Mund. Nur ein erbärmliches Quieken quoll aus ihr hervor und sie stolperte zurück, die Augen weit aufgerissen vor Angst.

„Heißt du vielleicht Iraney?"

LAUF DOCH!, schrie es in ihr, die Angst hatte sie völlig gelähmt, schnürte ihr die Kehle zusammen. Lauf, oder sie töten dich!

„Wie kommst du darauf?", fragte der andere. „Lass die Kleine doch laufen… Wer glaubt schon einem Kind, wenn sie es allen erzählt?"

„Bist du blind?", knurrte der Angesprochene und deutete auf Finia. „Siehst du nicht ihre Haare? Aber selbst wenn sie es nicht wäre… Sie weiß Bescheid darüber, was wir hier getan haben. Wir dürfen sie nicht am Leben lassen!"

„Sie ist doch noch ein Kind!"

Der andere ignorierte seinen Kameraden. Ein Blitzen schoss unter seinem Umhang hervor, ein Knistern wie das von Flammen ertönte. Finia spürte mehr den Schmerz, als dass sie sah, was ihn verursachte, sie schrie und wurde rücklings durch die Luft geschleudert.

Ihr Körper schlug leblos an der Wand eines Hauses auf harten Steinboden. Ihr Eimer war zu Boden gefallen und das Wasser darin ergoss sich über das Pflaster der Gasse. Lautlos floss es sie hinab und verschwand wie alles um Finia herum in endloser Dunkelheit.

Erst die emsige Kälte bewies Finia, dass sie noch nicht tot war, und gab ihr das Bewusstsein zurück. Die Kälte hatte ihren Körper ganz taub gemacht, ebenso den Schmerz, der bei der kleinsten Bewegung wieder durch jeden ihrer Muskeln fuhr.

Mühsam schlug Finia die Augen auf, alles war verschwommen und sie musste mehrmals blinzeln. Hunderte Meter unter ihr erkannte sie schwach die vom Schnee bedeckten Häuschen von Elinas, die einzelnen Grabsteine auf dem Friedhof unter sich.

Finia nahm es kaum wahr. Ihr Kopf hämmerte und rote Ziegel bohrten sich ihr in den ohnehin schmerzenden Rücken. Über ihr thronte das Symbol der Sonne an der Spitze des Kirchturms, an den sie gefesselt zu sein schien.

Wie sie dorthin gekommen war und vor allem, wie man es geschafft hatte, sie an der Kirchturmspitze festzubinden, war Finia ein Rätsel. Zum Teil war es ihr auch egal und sie hätte alles darum gegeben, in ihrem warmen Bett zu liegen, frei von Schmerz und Kälte.

Finia stöhnte. Sie wusste nicht, wie viele Stunden bereits verstrichen waren, ob es noch Nacht, Tag oder wieder Nacht war. Unten im Dorf brannte kein einziges Licht. Der Horizont und die nahen Hügel, die an das Dorf grenzten, lagen im halbdunklen Dunst. Der Fluss, der aus ihren Tälern kam, und die Straße aus dem Norden zogen sich nach Süden und verloren sich im Weiß des Schnees, der auf Feld und Wald lag. Solange sie denken konnte, hatte Finia nie erfahren können, was hinter dem Horizont lag. Im Norden lag irgendwo die Grenze von Liriana, im Süden lag Lirna, die Hauptstadt des Reiches.

„Hey!"

Finia hob den Kopf und er spielte ihr bereits Streiche: Sie sah einen Mann unter sich, der auf dem Dach der Kathedrale stand und zu ihr hinauf sah. Mit seinem teuren Mantel und dem Schwert am Gürtel erinnerte er sie stark an einen Ritter aus einer der Geschichten ihres Onkels.

Fragend sah sie zu ihm hinab. „Wer... Wer... seid Ihr?", krächzte sie und kämpfte verzweifelt dagegen an, nicht wieder das Bewusstsein zu verlieren.

„Unwichtig", murmelte der Fremde und machte sich daran, die Fesseln zu lösen, die Finia am Turm festhielten und ihr ins Fleisch schnitten. „Das einzige, das wichtig ist, ist, dass du mit mir kommen wirst. Und in deinem jetzigen Zustand nehme ich nicht an, dass du dich groß dagegen wehren wirst..."

Finia wollte verwirrt protestieren und musste einsehen, dass der Fremde Recht hatte. Kaum dass sich ihre Fesseln lockerten, rutschte sie in seine Arme hinab und zurück ins Dunkel der Bewusstlosigkeit.

Um sie herum herrschte tiefschwarze Nacht und Flake ritt unermüdlich seiner Wege. Das Mädchen saß schlaff vor ihm im Sattel, noch immer bewusstlos und mit dem Kopf an seiner Brust.

Seit er sie vom Turm dieses Gotteshauses heruntergeholt hatte, war ihr Zustand unverändert. Nur als sie auf seinem Pferd das Dorf verlassen hatten, waren ihre Augen für ein paar Sekunden geöffnet. Wie in Trance hatte sie das Schild mit dem Namen des Dorfes angegafft, ehe sie wieder gegen ihn gesackt war.

Elinas. Das Dorf musste schon einen guten Tagesritt hinter ihnen liegen. Aber anstatt zurück nach Norden zu reiten, trieb es Flake nach Süden, tiefer ins Herz des Landes hinein.

Flake runzelte die Stirn. Auf dem Heimweg würde er eine andere Route nehmen, um nicht wieder durch das Dorf zu müssen. Bereits zum zweiten Mal musste er einsehen, dass es nicht so unscheinbar war, wie es schien.

Das Mädchen vor ihm stöhnte, als hätte sie seine Gedanken gelesen, blieb jedoch regungslos. Der Gestank von Elfenmagie klebte noch immer an ihr, an ihren zerschlissenen Kleidern, an ihren Haaren, die ihn an in Stoff gewebtes Blut erinnerten.

Warum diese Kerle so stümperhaft vorgegangen waren, wusste Flake nicht. Elfen waren so selbstverliebte, arrogante Geschöpfe und er hatte noch nie gehört, dass sie bei einem Angriff so vorgingen. Dass sie sich nicht versicherten, ob ihre Opfer noch am Leben waren. Es war makaber und bestialisch zugleich, ihren zierlichen Leib an den Kirchturm zu hängen, wo ihn hätten alle sehen müssen.

Aber es hatte niemand etwas davon mitbekommen, was in den letzten Stunden passiert war. Blödes Bauernpack!, dachte Flake.

Erneut stöhnte das Mädchen und er legte ihr gegen die Kälte der Nacht den freien Arm um den Leib. Sie war verletzt, an mehreren Stellen roch er das Blut, was an ihren Gewändern hervor sickerte.

Er trieb sein Pferd zur Eile, weiter über die gefrorenen Straßen, immer weiter durch die Düsternis. Er musste sich beeilen. Es war seine Aufgabe, das Mädchen in den Norden zu schaffen, zu seinem Herrn. Er musste verhindern, dass sie erneut verletzt wurde, denn tot würde sie seinem Volk nichts mehr nützen.

Am Rande eines großen, düsteren Waldes, dessen Bäume im pfeifenden Nachtwind knarrten, tauchte Licht auf. Ein Haus, vermutlich eine Taverne, denn der Geruch nach gebratenem Fleisch, Brot und Wein lag in der Luft.

Ja, sie war klein, aber sie würde reichen. Sie war das einzige Haus in der Gegend und perfekt, damit sich das Mädchen etwas ausruhen konnte. Dann lag nur noch der Wald zwischen ihnen und Lirna. Flakes nächstes Ziel.

Finia stöhnte, ließ ihre Augen geschlossen. Alles an ihr schmerzte, brannte regelrecht in einem Feuer aus Schmerzen, die einfach nicht nachlassen wollten. Wie lange sie bewusstlos gewesen war, wusste sie nicht, und auch nicht, wohin man sie gebracht hatte. Fort aus Elinas, das war sicher.

Ihre Hand wanderte auf ihren Bauch, berührte Stoff, kratzige Decken, in die sie gebettet war, ein Bett, dessen Matratze aus Stroh bestand. Einzelne Halme piekten dem Mädchen in ihren Rücken und unterstützten nur noch die restlichen Qualen.

Langsam öffnete Finia die Augen und starrte zu einer düsteren Zimmerdecke empor, eine Kerze neben ihr warf ihre Schatten an die Wände. Finias Hand fuhr an ihren hämmernden Kopf, berührte eine Stoffbinde und sie verzog das Gesicht.

„Bist du endlich aufgewacht?"

Finia drehte den Kopf. Vor dem Fenster des Raumes, den zwei Betten füllten, saß dieser Mann. Der, der sie vom Turm der Kathedrale heruntergeholt hatte. Sie konnte sich noch immer nicht erklären, wie er es geschafft hatte, und ein anderer Teil, der nicht vom Argwohn erfüllt war, dankte ihm dafür.

Sie sah zu ihm hinüber. Er erwiderte den Blick nicht, stierte weiterhin aus dem Fenster, raus in die Nacht. Neben dem Stuhl, auf dem er saß, lehnte sein Schwert. Sonst hatte Finia nur Schwerter bei den Raubrittern gesehen und deren Klingen waren weit ungepflegter gewesen, das Leder der Scheiden verschlissen und vom Blut unschuldiger Bauern verkrustet.

War er ein Ritter des Grafen Lirios?

„Wer seid Ihr?", fragte Finia gerade heraus. Die Neugierde machte ihre Zunge leicht, wenn auch ihre Stimme die krächzende einer Krähe war. „Und… Wo sind wir hier? Sind wir weit weg von Elinas?"

„Von diesem verschlafenen Nest?", sagte der Mann verächtlich. „Von da kann man nicht weit genug weg sein… Nein, es liegt zwei Tagesritte nördlich von hier." Finia schluckte. Sie war fast zwei Tage lang bewusstlos gewesen?! „Mein Name ist Blanc Flake und je weniger du von mir weißt, desto besser. Zu viel zu wissen, kann in deiner Situation tödlich sein."

In meiner Situation? Finia runzelte die Stirn und ihre Neugierde wandelte sich allmählich in Misstrauen und Unverständnis um. „Ich danke Euch, dass Ihr mich vom Turm der Kathedrale herunter geholt habt", sagte sie, „aber gleich morgen kehre ich zurück –"

„Ich denke nicht", fuhr ihr Flake dazwischen.

„Ach. Und warum nicht?"

„Weil du mit mir kommen wirst." Noch immer wandte er ihr den Rücken zu. „Was glaubst du, was die Leute in deinem Dorf denken, wenn du zurückkehrst? Glaubst du nicht, sie würden dich nach der Ursache deiner Verletzungen ausfragen und nach dem Grund, warum du einfach verschwunden bist?"

„Aber ich muss doch zurück!", schrie Finia schwach. „Das ist immer noch mein Zuhause, alle werden sich Sorgen um mich machen und meine Mutter hat doch außer mir niemanden mehr…"

„Wie rührend", spottete Flake.

Die Wut kochte in Finia auf wie heißes Wasser und löste ihre Schmerzen in ein dumpfes Pochen auf. Sie konnte nicht erwarten, dass dieser Fremde sie verstand, von dem sie nicht einmal wusste, wer er war oder wohin er sie mitnehmen würde. „Ich muss zurück", wiederholte sie, bemüht, die Stimme ruhig zu halten und nicht wieder zu schreien. „Ich muss die Mörder meines Onkels suchen."

Mörder. Ihr Onkel, Dracos Iraney, dieser friedliebende Mensch, war ermordet worden. Dieser Gedanke löste in Finia absolute Fassungslosigkeit aus. Was hatte er diesen Typen in den silbernen Umhängen denn getan? Und was hatte Finia ihnen getan, dass sie sie auch noch hatten ermorden wollen?!

„Ich denke nicht, dass diese Mörder noch in deinem Dorf sind", meinte Flake und man konnte deutlich das Desinteresse in seiner Stimme hören. „Sie sind bestimmt schon dorthin zurückgezogen, woher sie gekommen waren."

„Wer waren sie?", wollte Finia wissen. „Wer waren diese Typen in den silbernen Umhängen, die meinen Onkel ermordet haben? Und warum haben sie das getan!"

Flake antwortete nicht sofort. „Sie sind Killer", sagte er lahm. „Aus dem Süden. Deshalb werde ich dich auch mit nach Norden nehmen. Wenn sie erfahren, dass du noch lebst, werden sie dich jagen. Erbarmungslos, bis ans Ende der Weltenscheibe. Und wenn du so weit kommst, dann noch über ihren Abgrund hinaus."

„Wer sind sie!", rief Finia ungeduldig und setzte sich so schnell auf, dass ihr Schädel schmerzte.

„Ich werde dir ihren Namen nicht nennen", lautete die Antwort. „Was du weißt, ist bereits zu viel, und ich kann nicht riskieren, dass sie dich noch einmal fast töten. Ganz. Oder gar verschleppen. Deine Macht darf auf keinen Fall in ihre Hände geraten!"

„Was für eine Macht?" Finia starrte ihn an, völlig verständnislos, und blinzelte verwirrt.

„Was wollen sie denn von einem Bauernmädchen wie mir? Was wollt Ihr von mir, dass Ihr mich einfach entführt?"

Seufzend erhob sich Flake von seinem Platz am Fenster, sah sie jedoch weiterhin nicht an. Er zögerte, als müsse er sich seine Antwort erst ausdenken: „Es ist hier zu gefährlich für dich. Ich nehme dich mit, um dir zu helfen."

„Ach ja?!" Finia sprang auf, unterdrückte ein Taumeln, und starrte Flake hasserfüllt an. „Ihr und mir helfen? Ihr entführt mich, verschleppt mich einfach. Und Ihr wisst etwas über die Mörder meines Onkels, wollt mir aber nichts von ihnen sagen! Womit helft Ihr mir bitte?!"

Endlich drehte sich Flake um und das flackernde Kerzenlicht enthüllte sein blasses, verärgertes Gesicht. „Womit ich dir helfe?", fragte er und deutete auf die Bandagen an Finias Körper. „Ich helfe dir, dass du noch ein paar Tage länger leben darfst. Eigentlich könnte mir dein mickriges Leben egal sein, dennoch habe ich dich von diesem Turm heruntergeholt.

Lauf doch ruhig weg, wenn du zu feige bist, dich deinem eigenen Schicksal zu stellen. Lauf und jag diese Kerle von mir aus. Versuch es tausendmal. Ich habe meine eigenen Mittel, dich davon abzuhalten oder dich zurückzuholen. Dir wird kaum etwas anderes übrig bleiben, als mir für die Dauer unserer Reise zu vertrauen."

Mit diesen Worten durchquerte er das Zimmer, riss die Tür neben Finias Bett auf und verschwand hinaus in einen dunklen Flur. Seine Schritte entfernten sich rasch, polterten eine Treppe hinunter und verstummten.

Finia schwieg und setzte sich seufzend zurück auf ihr Bett, ein Schwindelgefühl kam in ihr auf. Sie war so müde, müde von all dem, was sie gehört und gesehen hatte.

Tagelang hielt diese Müdigkeit an. Düstere Tage, an denen Finia allein auf der Fensterbank saß und hinaus sah, hinaus zum Wald, an dessen Rand die Taverne lag. „Zur Schwarzen Trauerweide" stand auf dem Schild über der Tür, dessen Knarren im Wind Finia so manches Mal in einer schlaflosen Nacht verfolgte.

Von der Taverne selbst sah Finia nicht allzu viel, denn sie blieb die ganze Zeit auf dem Zimmer, das Flake für sie gemietet hatte. Er selbst saß wohl die ganze Zeit unten im Schankraum. Nur in der Nacht kehrte er ins Zimmer zurück

29

zu seinem Platz am Fenster, als wache er unermüdlich über Finia. Sie sah nie, dass er eine Spur von Müdigkeit zeigte, und das Bett neben ihrem blieb unbenutzt.

„Finia?"

Flake war zurück, er stand in der Tür und sah zu Finia herüber. Er schloss die Tür hinter sich, ein Tablett mit Brot, Käse und einem Krug Wasser im Arm, das er neben ihr abstellte. Sein Gesicht blieb hart beim Anblick von Finias verweintem Gesicht und er mied es, ihr in die Augen zu sehen.

„Wie geht es dir?", fragte er oberflächlich und fuhr fort, ohne eine Antwort abzuwarten. „Morgen früh reisen wir ab."

„Wo wollt Ihr genau mit mir hin?", fragte Finia leicht krächzend.

Von Flake kam keine ausführliche Auskunft: „Wir folgen der Straße bis nach Lirna. Sie führt uns dabei genau durch den Sklavenwald. Wenn wir schnell sind und keine Pausen machen, könnten wir die Strecke in drei Tagen schaffen."

Finia ignorierte das Tablett neben sich und starrte aus dem Fenster zum Waldrand hinüber.

Der Sklavenwald. Ihr Onkel und Pastor Arturius hatten ihr gar oft von diesem Wald erzählt, von dem man meinte, er sei verflucht. Vor einem guten Jahrhundert wurden dort Sklaven aus der Wüste im Osten von einer Horde Raubritter ermordet. Seither sollten ihre Geister in diesem Wald umher spuken, da sie keine Ruhe finden konnten.

Aber die Straße durch den Wald war die kürzeste Strecke nach Lirna. Ein Umweg würde viel länger dauern und Finia bemerkte die Ungeduld auf Flakes Gesicht. Wenn es nach ihm ginge, wäre er wohl schon am Tag zuvor aufgebrochen.

Was er in Lirna wollte, verriet er an diesem Abend nicht. Nach dem Essen legte sich Finia gleich zu Bett, um am nächsten Tag für die Reise ausgeruht zu sein.

Ihre Hand fuhr an ihre Stirn und über ihre Arme. Die unzähligen Wunden waren ungewöhnlich schnell und gut verheilt. Finia war das keineswegs fremd. Schon früher waren Verletzungen bei ihr schneller verheilt als bei anderen im Dorf. Die Heilkundigen hatten sie daher stets als medizinisches Wunder angesehen und sich gefragt, woher solche „Gaben" kommen würden.

Finias Blick wanderte zu Flake, der wie jede Nacht wieder am Fenster saß. Auf seinen Knien lag ein langes Paket, Finia wusste nicht, woher er es auf einmal hatte oder was darin versteckt war. „Was wollt Ihr eigentlich in Lirna?", fragte Finia bereits halb im Schlaf.

Flake hob den Kopf und sah sie über die Schulter hinweg an. „Du sollst schlafen", murrte er. „Das nächste, richtige Bett, in dem du schlafen wirst, wirst du erst in Lirna finden."

„Das macht mir nichts", entgegnete Finia gähnend. „Im Sommer waren mein Freund Iro und ich immer in die Hügel gewandert und haben in feuchten Höhlen oder unter freiem Himmel geschlafen. Ich brauche nicht unbedingt ein Bett."

„Na, dann kann ich mich ja wohl glücklich schätzen", meinte Flake genervt und wandte sich wieder dem Fenster zu. „Eine Sorge weniger…"

Mürrischer Esel, dachte Finia, schloss die Augen und dachte an ihre Mutter und an Iro. Sie schämte sich, dass das letzte, was sie zu ihnen gesagt hatte, nur Worte des Zorns gewesen waren, kein Dank dafür, dass sie einfach da waren.

Warum wollte Finia auch Wasser holen gehen? Wäre sie noch daheim in Elinas, wenn sie nicht zum Brunnen gelaufen wäre?

Seit Tagen hatte Iro nichts mehr von Finia gehört. Das Dach der Iraneys war am nächsten Tag wieder repariert gewesen, aber Finia war am Abend nicht nach Hause zurückgekommen.

Iro wunderte das nicht. Vermutlich war sie in das nun leer stehende Haus ihres verschiedenen Onkels gegangen und hatte die Nacht dort verbracht. Zwischen all den Sachen ihres Onkels, den Büchern voller wilder Geschichten und bunten Bildern von Orten, von denen Iro nie gehört hatte. Dennoch… Irgendwie hatte Iro ein komisches Gefühl.

Als kleine Kinder waren er und Finia oft bei Dracos gewesen, um sich die Bilder anzuschauen, gefüllt mit prächtigen Städten, Elfen, Drachen und Zwergen. Aber auch von Dämonen, düsteren Wesen, die man von normalen Menschen manchmal kaum unterscheiden konnte. Von allen wusste Iro, dass es sie wirklich gab, nur an die Dämonen glaubte er nicht. Sie waren nur ein Ammenmärchen, das man Kindern erzählte, damit diese immer artig waren.

Iro gähnte und sah sich gelangweilt in der Küche des Pastors um. Marianne, die Magd, war gerade dabei, das Abendessen zu kochen. Er schnappte sich einen Apfel aus einem Korb auf dem Tisch vor sich und biss hinein.

„Hey!", rief Marianne verärgert. „Das ist für Herrn Arturius und nicht für dich!"

„Ja, ja", murrte Iro mit vollem Mund und erhob sich reckend. „Ich verschwinde ja schon und lass dich kochen. Ich gehe mal schauen, was der Pastor macht. Bestimmt hat er wieder einmal seine Brille verlegt…"

„Tu das", sagte Marianne.

Iro verließ die Küche und stand prompt am Geländer der Treppe, die zu Arturius' Arbeitszimmer führte. Neulich war er sie herunter gelaufen, um zu den Iraneys zu kommen. Nun klangen gedämpft nervös klingende Stimmen von oben herunter. Iro konnte nichts verstehen und huschte die Stufen empor.

Die Tür zum Zimmer des Pastors war angelehnt, ein schmaler Lichtstrahl fiel heraus auf den Flur. Iro stutzte. Für gewöhnlich ließ Arturius alle Türen sperrangelweit offen stehen und wunderte sich dann, dass sich die Wärme seines Kamins im ganzen Haus und nicht in seinen Gemächern verteilte. „Ich versichere Euch, es wird ihr schon gut gehen!", drang Arturius' Stimme aus dem Raum, irritiert und etwas stotternd.

Vorsichtig schlich Iro näher und lugte ins Zimmer, ein Ohr an das kühle Holz der Tür gepresst. „Ich mache mir solche Sorgen um sie", schluchzte die Stimme einer Frau. „Sie ist schon seit Tagen verschwunden und niemand hat sie gesehen!"

„Sie wird nicht weit weg sein", versicherte Arturius, doch für Iro klangen seine Worte nicht allzu sehr überzeugt von dem, was er eigentlich sagte. „Sie wird in die Hügel gegangen sein, um dort für sich allein um Dracos zu trauern. Ich versichere dir, Clay, sie wird sehr bald zurückkommen."

Clay? Was wollte sie bei Arturius?

Iro schob die Tür ein Stückchen weiter auf, bis er tatsächlich Clay Iraney im Zimmer des Pastors stehen sah. Sie hatte ihm den Rücken zugewandt, ihre Haltung wirkte ungewöhnlich verkrampft. War etwas passiert?

„Ich weiß nicht, was ich machen soll", sagte Clay und ihre sonst so zarte Stimme krächzte. „Sie sagt mir immer, wohin sie geht, und so lange war Finia noch nie verschwunden!"

Augenblicklich froren Iro die Glieder ein und er riss die Augen auf vor Schreck. Finia. Sie war verschwunden. Seit Tagen. Niemand wusste, wo sie war. „Finia", hauchte Iro.

„Iro?" Arturius öffnete die Tür und sah auf Iro herab, der in gebeugter Haltung vor ihm kauerte. „Iro, was machst du denn da?"

„Verzeiht mir, Pater, ich habe gelauscht", gestand Iro offen, richtete sich mühsam auf und wandte sich an Clay Iraney. „Ich habe Euch gehört. Was ist mit Finia? Wo ist sie?"

Clay sah ihn an, das Gesicht merkwürdig hölzern. „Ich wünschte, ich wüsste es", sagte sie. „Sie kam neulich nicht nach Hause, daher machte ich mich am nächsten Tag auf die Suche nach ihr. Doch… Ich fand nur den Eimer, den sie mitgenommen hatte. Er lag in der Nähe des Brunnens. Bei der Bäckerei."

Sie verstummte.

„Habt Ihr schon in Dracos' Haus nachgesehen?", fragte Iro hastig. „Pater, bei der Kathedrale? An Dracos' Grab? Im Gasthaus oder… oder auf dem Marktplatz, oder… Ach, verdammt, habt Ihr das Dorf nach ihr abgesucht!"

„Nirgends ist eine Spur von ihr zu finden", sagte Arturius kopfschüttelnd.

„Was ist mit diesem Fremden?", fragte Iro.

„Welcher Fremde?"

„Vor ein paar Tagen war hier so ein Kerl im Dorf, den ich noch nie zuvor in der Gegend gesehen habe", erzählte Iro ungeduldig. „So ein junger Mann, rostrotes Haar, Schwert am Gürtel. Er war im Gasthaus, als ich abends noch im Stall gearbeitet habe, drückte mir die Zügel seines Pferdes in die Hand."

„War vermutlich nur ein Kaufmann aus Lirna", meinte der Pastor desinteressiert.

„Der Typ sah nicht aus wie ein Kaufmann", widersprach Iro. „Ich weiß, wie Kaufleute aussehen und sich verhalten, meine

Eltern sind welche! Nein, er sah nicht einmal aus wie jemand aus Liriana. Ich wette, er hat Finia entführt!"

Arturius starrte ihn entsetzt an. Natürlich hielt ihn sein Glaube davon ab, schlecht über andere Menschen zu denken, aber für Iro war es das einzige, was Sinn machte: Der Kerl war genau zur selben Zeit verschwunden wie Finia.

„Ich folge ihnen", sagte Iro und wandte sich bereits zur Tür um.

„Das ist Irrsinn!", rief Arturius und trat ihm in den Weg. „Wir wissen doch nicht einmal, ob deine Theorie stimmt und haben auch keine Beweise dafür. Lasst uns noch ein paar Tage warten, ob Finia nicht doch noch zurückkommt."

„Ich werde hier NICHT tatenlos herumsitzen und abwarten!", schrie Iro. Finia. Seine geliebte Finia…

Iro war sechs Jahre älter als sie und kannte sie schon, seit sie ein Baby war, weil er immer auf sie aufgepasst hatte, und ihr Vater einfach feige abgehauen war. Für ihn war sie stets die kleine Schwester gewesen, die er nie hatte, eine Freundin, mit der er über alles reden konnte. Jemand, der er vertraute und die ihm vertraute.

Clay musste das Feuer in Iros Augen bemerkt haben. Sie kam auf ihn zu, legte ihm die Hände auf die breiten Schultern und sah mit ihren verweinten Augen offen in sein Gesicht. „Schwör mir eins, Iro", flüsterte sie. „Schwör mir, dass du erst zurückkommst, wenn du sie gefunden hast."

„Ich werde die ganze Weltenscheibe nach ihr absuchen!", versprach er ihr, machte kehrt und verschwand zur Tür hinaus.

KAPITEL 6: DER SKLAVENWALD

Finia trat aus dem warmen Schankraum des Gasthauses hinaus in die eisige Kälte des Morgens. Letzte Nacht hatte es gefroren, Eiszapfen, glänzend im Licht der aufgehenden Sonne, sahen aus wie poliertes Glas.

Das Gras knirschte unter ihren Füßen, als sie hinüber zu Flake schritt, der in einige Meter Entfernung mit seinem nachtschwarzen Hengst dastand. Sein Blick klebte an den nahen Bäumen des Sklavenwaldes, eine weiße, knarrende Weite.

Finia fröstelte. Auf irgendeine Weise war ihr dieser Wald unheimlich. Das Knarren der Äste und Zweige hallte leer über die verlassenen Felder ringsum und die Straße verlor sich zwischen den knorrigen Bäumen in der Düsternis.

„Da bist du ja endlich", murrte Flake und wandte sich zu Finia um. „Ich dachte schon, du kommst gar nicht mehr… Können wir dann?"

Als hätte er es auf einmal wahnsinnig eilig, stieg Flake in den Sattel seines Pferdes. Von oben herab reichte er Finia das längliche Paket vom Vorabend. „Was ist das?", fragte sie ihn und nahm es entgegen.

„Etwas, das du auf unserer Reise sicher gut gebrauchen wirst", lautete die Antwort.

Verwirrt riss Finia die Tücher auseinander, mit denen der längliche Gegenstand eingepackt war. Sie bekam kühlen, scharfen Stahl zu fassen, einen mit blutrotem Leinen umwickelten Griff. Ein Schwert.

Vor Schreck quiekte Finia auf und ließ die Waffe in den Schnee zu ihren Füßen fallen. Ein Schwert. Es war kurz, gerade einmal so lang wie Finias Arm, und doch erinnerte es sie an das Schwert, das Dracos einst besessen hatte, ein Schatz aus einem seiner Abenteuer.

„Was ist?", fragte Flake und auf einmal klang seine Stimme meilenweit entfernt. „Hast du noch nie ein Schwert in der Hand gehabt?"

Finia hob es auf und schüttelte den Kopf.

Wortlos wies Flake sie an, sich hinter ihm in den Sattel zu setzten. Das Pferd gab keinen einzigen Mucks von sich, seine Hufe knirschten im Kies der Straße und die Augen waren stur geradeaus gerichtet.

Ohne Vorwarnung stieß ihm Flake die Stiefel in die Flanken und es trabte los. Sie tauchten ein in den Wald und unter seinem Dach aus Geäst herrschte ein dämmriges, düsteres Licht. Alles andere blieb am Waldrand zurück und eine merkwürdige Stille trat an ihre Stelle. Nicht ein Vogelgezwitscher war an diesem Ort zu hören, kein Wesen war zwischen den dicken Baumstämmen zu sehen.

Finia hielt sich mit ihrer freien Hand an Flakes Mantel fest, ihr eigener bot ihr nur geringen Schutz vor der Kälte. Durch das Schwert in ihrer Hand fühlte sie sich auch nicht sicherer.

„Sag mal, hast du Angst vor Gespenstern?", fragte Flake und wandte den Kopf zu ihr um. „Ich habe Geschichten über diesen Wald gehört, laut denen er verflucht sein soll."

„Ich kenne diese Geschichten", antwortete Finia, ihr Blick schweifte ruhelos zwischen Straße und Bäumen hin und her. „Mein Onkel hat mir oft von diesem Ort erzählt, aber er ist noch viel unheimlicher als in all seinen Erzählungen."

Flake wandte sich wieder nach vorne, wo sich die Straße im Grau verlor. „Dein Onkel war ein weiser Mann, so scheint es mir", sagte er.

Finia nickte. „Das war er." Sie blinzelte. „Er fehlt mir so…"

„Du hast ja mich."

Geringer Trost, dachte sie. Ein mürrischer Fremder als Ersatz für Familie, Freunde und Zuhause. „Letzte Nacht habe ich von diesen Kerlen geträumt, die, die ihn… ermordet haben. Die Silberfüchse…"

Ohne den Blick von der Straße zu wenden, schlug ihr Flake die Hand auf den Mund, sie roch nach dem Leder der Zügel.

„Hör mir jetzt gut zu", hauchte er. „Sprich niemals ihren Namen aus. Hörst du, niemals! Verstanden?!"

„J-ja!", stotterte Finia hinter seiner Hand.

Sie fragte nicht nach einem Grund, sondern musterte das Schwert in ihrer Hand. Sie wusste, er würde ihr keine Antwort geben, mit der sie sich zufriedengeben würde. Vielleicht war er auch nicht der richtige, um Fineas plötzlichen Wissensdurst zu stillen.

Der Ritt schien so unendlich lang wie die Straße vor ihnen. Sie hatte nur wenige Kurven und verlief stur geradeaus, über vertrocknete Äste, die unter den Pferdehufen unnatürlich laut zerbrachen, durch Pfützen aus Wasser und Eis.

Finia glaubte, noch nie so lange auf dem Rücken eines Pferdes gesessen zu haben, und ihr Hintern begann bereits nach wenigen Stunden zu schmerzen. Flake verzog keine Miene und hielt Pausen offenbar für unnötig.

Aus den Augenwinkeln bemerkte er Finias vor Hunger gequältes Gesicht und deutete auf die prallen Satteltaschen. „Iss etwas", sagte er. „In den Taschen findest du etwas, der Wirt der Taverne hat es uns mitgegeben."

Vorsichtig beugte sich Finia vor, damit sie nicht aus dem Sattel rutschte, und zog ein paar Wurstbrote aus den Taschen. „Wollt Ihr auch?", fragte sie und reichte Flake eines.

„Nein", wehrte er ab. „Ich habe keinen Hunger. Iss du ruhig und gewöhn dich schon mal an den Gedanken, die Nacht im Sattel zu verbringen."

Finia unterdrückte ein Stöhnen in ihrem Innern mit einem kräftigen Bissen.

Die Nacht und die Dunkelheit krochen unbemerkt über das Land und tauchten den Wald in eine noch dunklere Schwärze. Bereits nach wenigen Minuten konnte Finia die Hand vor Augen nicht mehr sehen und Flake machte auch keine Laterne an.

Er schien alles für überflüssig zu halten, was ein normaler Mensch brauchte.

Am nächsten Morgen war Finias Körper taub vor Kälte, Frost hing ihr in den Haaren und ihr Hintern schmerzte noch mehr als am Vortag. Mit dem Rücken lehnte sie an Flake, der sie wohl vor sich gehoben hatte, damit sie im Schlaf nicht herunterfiel. „Na, auch wieder wach?", begrüßte Flake sie tonlos und trieb sein stummes Pferd weiter. „Es ist schon fast Mittag."

„Was, wirklich?" Finia hob den Kopf zum Baldachin der Äste über sich. Vereinzelt lugte der tief graue Himmel durch sie hindurch, der ebenso leer an Vögeln war wie der Wald selbst.

Flake grunzte. „Sobald wir in Lirna sind, gehst du zu einem Heilkundigen und ruhst dich aus", sagte er. „Du bist noch nicht wieder ganz auf dem Damm und das musst du sein. Der nächste Teil unserer Reise wird lang und hart. Verstanden?"

„Äh, ja", antwortete Finia und kletterte zurück an ihren Platz hinter Flake, der das Pferd nicht extra anhielt. „Wisst Ihr, wie weit wir schon gekommen sind?"

„Die Hälfte des Weges werden wir wohl schon hinter uns gebracht haben", lautete die Antwort.

Finia runzelte die Stirn und ihr Blick wanderte zu den höchsten Ästen der Bäume. Auf einem von ihnen hockte ein großer, schlanker Vogel mit einem silbergräulichen Gefieder.

Ein Falke. Soweit Finia wusste, gab es in dieser Gegend keine silbrigen Falken und so einen hatte sie auch noch nie gesehen, nicht einmal auf den zahlreichen Bildern und Zeichnungen ihres Onkels.

Flake beobachtete den Vogel ebenfalls, bis dieser kreischend aufschrie und nach Süden davonflog, hoch über den Bäumen. „Sag mal", fing Flake an, „warst du schon einmal in Lirna?"

„Nein", antwortete Finia. „Ehrlich gesagt habe ich nie etwas anderes gesehen als mein Dorf und seine Felder und Hügel.

Alles, was ich Euch berichten kann, weiß ich von meinem Onkel.

Die Stadt ist die größte in ganz Liriana und das Zentrum des Handels. Oft kommen Kaufleute aus allen angrenzen Ländern, aber auch viele Reisende. Mein Onkel sagte stets, es sei die schönste Stadt von allen, aber unter Lirios, dem Grafen, verkomme sie mehr und mehr. Warum wollte er mir nie sagen."

„Wer weiß", sagte Flake, „vielleicht wird sie ja von irgendwelchem Gesindel heimgesucht. Oder gar von Dämonen."

Finia lachte: „Es gibt doch gar keine Dämonen!"

Flake hob eine Augenbraue, schwieg jedoch. Er richtete seinen Blick wieder nach vorne, das Bild der Straße hatte sich noch immer nicht geändert, wurde nur noch finsterer bei Anbruch der Nacht.

Es wurde unangenehm kalt. Finia schluckte ihr Brot hinunter, um ihren knurrenden Magen zu beruhigen, und schlang sich ihren Mantel noch enger um den Leib, doch es half alles nichts. Sie zitterte.

Auf einmal hielt Flake sein Pferd an, zum ersten Mal, seit sie aufgebrochen waren. „Was ist denn los?", wollte Finia wissen.

Er hob die Hand, um ihr zu bedeuten, sie solle still sein, und zog mit der anderen sein Schwert. Die Klinge war so klar, dass sich das bisschen Mondlicht darin spiegelte, das durch die Wolken auf den Waldboden fiel.

Um sie herum rührte sich nichts mehr und für einen kurzen Moment hielt Finia den Atem an. Spannung lag in der Luft, die ihr eine Gänsehaut über den Rücken jagte. Ein nahes Knacksen ließ Finia hochschrecken und ihr Blick huschte zwischen den Bäumen umher, sie verfluchte die Nacht und ihre Dunkelheit, der Mond war wieder hinter einem dichten Wolkenberg verschwunden.

Ein Blitzen weckte Finias Aufmerksamkeit. Glitzernde Schemen tauchten aus der Düsternis auf. Schwebend kamen sie immer näher, wimmerndes Wehklagen ging von ihnen aus. „Schwert hoch!", blaffte Flake und hob sein eigenes, sein Blick huschte über die Schemen.

Sind das Geister?, fragte sich Finia, tat wie geheißen und fuhr über die Schemen, die keine Gesichter zu haben schienen. Sind das die Geister der Sklaven aus all den Geschichten, die mir Dracos immer erzählt hat?

Eine dieser Schemen, die ihr am nächsten standen, sah offen zu Finia auf, denn sie hatte ein Gesicht. Es war das müde, freundliche Gesicht eines alten Mannes und das neben ihm das einer jungen Frau, die etwas Trauriges an sich hatte. Beide sahen zu Finia herüber und Finia starrte zurück, ihre Augen wurden immer größer. „Mutter!", schrie sie. „Onkel!"

„HEY!" Flake packte Finia am Kragen, bevor sie nur die Chance dazu bekam, vom Pferd zu springen und auf die beiden zu zulaufen. „Das ist nur eine Illusion, sie sind nicht die, für die du sie hältst!", rief er. „Und dein Onkel, der ist tot!"

„WAS WISST IHR DENN SCHON!", schrie Finia, Wut flammte in ihr auf und sie entriss sich Flakes Griff, hetzte mit dem Schwert in der Hand auf ihre Familie zu. Endlich würden sie wieder zusammen sein…

Sie erreichte sie nie. Ein gewaltiger Ring aus Feuer zog sich wie aus der Erde gewachsen vor Finia in die Höhe, umgab sie, Flake und sein Pferd, das trotz der sengenden Hitze völlig ruhig blieb. Er trennte sie von den Schemen, die nicht hindurch kamen, und verbarg die Gesichter von Clay und Dracos Iraney vor Finias Augen.

Die Hitze auf dem Gesicht und mit dem Geruch von Asche und verbranntem Holz in der Nase, wirbelte Finia zu Flake herum. Der starrte mit zornfunkelnden Augen auf sie herab, die Hand noch erhoben, in der letzte Flämmchen knisterten und erstarben. War er das etwa?, fragte sich Finia verblüfft. Das war doch dasselbe Merkwürdige, mit dem mich die Silberfüchse attackiert haben!

Ist er… ein Magier?!

„Bei Daimon und Dei!", fluchte Flake und ließ die Hand sinken. „Ich habe doch gesagt, das sind Illusionen, du dummes Kind!"

Hinter ihm erschien eine weitere Scheme, die es irgendwie doch durch die Flammen geschafft hatte, und riss ein Schwert empor, das sie in Händen hielt.

„FLAKE!", schrie Finia, Flake brüllte und stürzte rücklings vom Pferd auf den gefrorenen Waldboden. Er riss ebenfalls sein Schwert hoch, wirbelte im Staub herum und trieb es durch den Leib der Scheme, die sogleich zu silbrigem Pulver zerfiel.

Die anderen Schemen wollten es ihr nachtun, doch sie kamen nicht durch die heiße Wand. Ihre glitzernden Leiber fingen Feuer, sie schrien und hetzten davon in den Wald. Erst nach Minuten verlosch der Ring aus Feuer, ebenso wie ihr Schreien und Glühen in der Ferne.

KAPITEL 7: DIE TORE VON LIRNA

Flake schnaubte gereizt, richtete sich auf und musterte die Asche am Waldboden, die sein kleiner Zauber zurückgelassen hatte. Wenn er etwas in der Magie gut beherrschte, auf das er stolz war, dann waren es Inferno-Zauber.

Wenige Meter von ihm entfernt stand Finia, das Schwert gesenkt und zitternd. Auf ihrem Gesicht stand Verwirrung, in ihren Augen die Furcht, mit der sie ihn anglotzte. „Flake! Euer Arm!", rief sie und deutete auf den Riss, den er diesem Phantom verdankte.

„Oh", machte Flake nur gleichgültig und verband die Wunde mit einem Fetzen seines Mantels, der inzwischen am Saum zerschlissen war. Ich kann mich gar nicht erinnern, wann ich das letzte Mal auf einer Reise verwundet wurde, dachte er und schob sein Schwert zurück in die Scheide an seinem Gürtel.

„Wollt Ihr einfach so weiter reiten?!", fragte Finia.

„Warum auch nicht?", fragte Flake zurück. „Wir haben schon genug Zeit verloren durch diesen Zwischenfall!"

Er reichte ihr die Hand. Finia zögerte, schüttelte den Kopf und ließ sich von ihm zurück in den Sattel ziehen. Endlich geht's weiter, dachte Flake mürrisch und trieb sein Pferd weiter. So was… Waren diese Phantome etwa das, was die Menschen hier Geister nannten? Wie lachhaft!

„Äh… Flake?"

„Was?", knurrte Flake.

„Was waren das gerade? Geister?"

Er stöhnte auf. Menschen waren so dumm… Er fragte sich immer wieder, wie sie es schafften, ihre Reiche zu erhalten, wenn sie doch so einseitig zu denken schienen, und antwortete: „Nein. Man nennt sie Phantome, aber sie sind nichts weiter als billige Dämonenkopien. Ebenso sterblich wie du und ich."

Finia schwieg. „Dämonen?", murmelte sie.

Man hörte deutlich die Ungläubigkeit in ihrer Stimme. Flake konnte nicht begreifen, wie sie an der Existenz von Dämonen zweifeln konnte. War sie so blind? Hatte sie denn nie etwas bemerkt?

Klar war, sie wusste es nicht. Sie wusste gar nichts.

Bei Anbruch des Tages war es wieder genauso still im Wald wie vor dem Auftauchen der Phantome. Das Schneetreiben hatte wieder eingesetzt und Flake spürte das Zittern des Mädchens in seinem Rücken. Noch immer sah sie verwirrt aus, nachdenklich, als glaube sie nicht an das, was sie in der Nacht gesehen hatte. Sie aß, trank und schlief, aber der Gesichtsausdruck blieb an ihr kleben wie Spinnweben.

„Du musst es vergessen", riet ihr Flake.

„Wie denn!", schrie sie hilflos. „Für einen kurzen Augenblick sah ich meine Mutter und meinen Onkel. Wisst Ihr eigentlich, wann ich ihn das letzte Mal so ruhig lächeln sah? Ich… Ich weiß es schon gar nicht mehr! Ich bin so versessen darauf, seine Mörder suchen zu gehen, dass ich alles andere vergesse!"

„Du vergisst sie nicht", meinte Flake, ohne sie anzusehen. „Das sind Schuldgefühle, die dich plagen, denn das ist es, was die Phantome einem zeigen. "Wärst du noch länger ihrem Anblick ausgeliefert gewesen, dann…"

„Dann, was?", wollte sie wissen.

„Phantome sind in der Lage, in dein Herz zu sehen", fuhr er fort. „Sie spiegeln deine

negativen Gefühle wider wie Hass oder in deinem Fall deine Qual, Schuld. Und wenn du es nicht mehr ertragen kannst und handelst, strecken sie ihre kalten Finger nach dir aus und das ist dann das letzte, das du in deinem Leben spüren wirst."

Finia schluckte. „Aber woher kommen diese Schuldgefühle?", fragte sie.

„Das weißt du selber nicht?" Flake runzelte die Stirn. Diese ganzen Menschen müssen ihr das Hirn vernebelt haben!, dachte er. „Bei deiner Mutter liegt es wohl daran, dass ich dir keine Chance ließ, dich von ihr zu verabschieden. Und dein Onkel… Du willst ihn rächen, seine Mörder hinrichten, was du allerdings nicht kannst, weil du mit mir gehst."

„Dann seid Ihr also Schuld an alledem!", stellte Finia wütend fest und wollte schon ihr Schwert heben. „Woher soll ich eigentlich wissen, dass Ihr keiner von diesen Mördern seid!?"

Flake musste sich das Lachen ernsthaft verkneifen. Noch nie hatte er etwas so Absurdes gehört! „Weil ich dich dann schon längst getötet hätte", antwortete er amüsiert, „um den Fehler meiner stümperhaften Kollegen wieder gut zu machen. Und außerdem… Willst du mich töten? Erstens würdest du dich dann auf ihr niederes Niveau herab begeben und zweitens bezweifle ich doch stark, dass du mit diesem Kurzschwert überhaupt umgehen kannst.

Sobald wir in Lirna sind, erteile ich dir ein wenig Nachhilfe. Aber… wo wir gerade davon sprechen…"

Allmählich lichtete sich der Wald am Kopf eines Hügels und im Licht der untergehenden Sonne im Westen erstrahlten die Ländereien von Lirna. Die Stadt selbst thronte eine gute Meile südlich, geformt wie ein gewaltiges Horn und mit matt schillernden Dächern. Genau in ihrer Mitte ragte die Burg des Grafen mit ihren Türmchen und Zinnen in den rot-goldenen Himmel.

„Lirna", hauchte Finia und folgte Flakes Blick. „Mein Onkel hat mir so viele Geschichten erzählt, aber nun sehe ich es zum ersten Mal mit eigenen Augen…" Sie fing an zu jubeln. „Juhu, wir sind da!"

Flake sah das Mädchen an und spürte ein ungewohntes Kribbeln im Bauch, das ihn erschreckte. Was war das auf einmal? War es die Freude des Mädchens, die ihn angesteckt hatte?

Er wusste nicht, dass er sich je gefreut hatte, ein Ziel erreicht zu haben.

45

Finia strahlte wie die untergehende Sonne am Horizont. Sie sah Lirna, ihr Ziel, die Aussicht auf ein weiches Bett an einem gemütlichen, wärmenden Kaminfeuer, fernab von jedem Pferderücken.

Aus den Augenwinkeln bemerkte sie Flakes starre Blicke, die auf ihr ruhten. „Was habt Ihr?", fragte sie ihn und musterte den Verband an seinem Arm, durch den bereits das Blut gesickert war. „Habt Ihr Schmerzen?"

„W-Was?" Er schüttelte hastig den Kopf, presste seine freie Hand auf die Wunde und ließ sein Pferd den Hügel hinab traben. „Schöner Mist... Bis wir in der Stadt sind, ist es stockfinster!"

Finia war das egal. Sie war froh, aus diesem finsteren Wald heraus zu sein, und ihr Blick schweifte über die Felder zu Seiten der Straße, die direkt auf eines von Lirnas vier Stadttoren zuhielt. In der Nähe sah sie kleine Bauernhöfe, in denen Licht aufflackerte. Wie kleine Glühwürmchen tanzten sie in der einbrechenden Dunkelheit.

Vor ihnen tauchten die hohen, schwarzen Mauern der Stadt aus der Nacht auf. Das Tor

war gewaltig, die mächtigen Torflügel aus Holz fest verschlossen. In den zwei Türmchen, die es flankierten, brannte kein Licht und kein Geräusch drang aus der Stadt. Und jetzt?, wollte Finia schon fragen, da hob Flake die Finger an die Lippen. Leise schallte sein Pfeifen zu den Türmen hinauf, eine Melodie, die Finia fremd war.

Sogleich knarrte das Tor und schwang langsam auf, weit genug, dass sie hindurch passten, die Pferdehufe klapperten auf dem Pflaster der Straße. Die anderen Wege waren vollkommen leer, verlassen, in den Häusern brannte vereinzelt noch Licht, Stimmen drangen heraus.

„Da bist du ja endlich!"

Aus dem Schatten eines nahen Hauses trat ein Mann, Augen blitzten hinter der Kapuze seiner Jacke und auf seiner Schulter hockte ein Falke. Genau derselbe, den sie im Wald gesehen hatten.

„Was heißt hier endlich?", murrte Flake, stieg aus dem Sattel und begrüßte den Fremden wie einen guten Freund. „Reise du mal mit so einem Klotz am Bein, dann bist du garantiert auch nicht schneller!"

Klotz am Bein?, wiederholte Finia bei sich gekränkt.

Mit Unbehagen bemerkte sie die neugierigen Blicke des Mannes. „Kommt", sagte er und ging voran eine der Straßen entlang. „Mein Haus ist nicht weit von hier, gleich da hinten an der Mauer."

Flake schwieg, packte die Zügel seines Pferdes und zog es mit Finia hinter sich her. Sie selbst musterte die großen Häuser, die Stadtmauer und die Straßen, die so viel anders waren als die Gassen in Elinas.

Neben dem Haus einer Schneiderei lag eine Unterführung, die in einen kleinen Innenhof führte, von hohen Häuserwänden umgeben. „Du kannst dein Pferd hier lassen", sagte der Mann mit dem Falken und stieß im Hof eine hölzerne Tür auf, die in ein kleines Häuschen führte. „Es wird hier schon niemand klauen."

Finia stieg aus dem Sattel und folgte den beiden Männern hinein. Der Raum, den sie betraten, war offenbar eine Küche, die Anrichte wirkte alt und neben der Tür stand ein Tisch mit Stühlen, auf dem noch die Überreste eines Abendessens lagen. „Setzt euch doch!", wies der Fremde sie an, setzte seinen Falken vor sich auf den Stuhl, auf dem er selbst Platz nahm, und reichte dem Vogel ein paar Brotkrumen. „Und fühlt euch ruhig wie Zuhause."

Finia nahm das Angebot dankend an und ließ sich auf einen gepolsterten, weichen Stuhl fallen, der um meilenweit besser war als ein Pferdesattel. Flake jedoch blieb stehen, lehnte sich an ein Stück leere Wand und verschränkte die Arme vor der Brust. „Wieso hast du ein Haus?", fragte er.

„Hey, hey!", lachte der Angesprochene. „Ich habe es ehrlich für ein paar Taler erworben." Er wandte sich an Finia. „Willst du uns nicht einmal einander bekannt machen, Flake? Wer ist deine junge Begleiterin?"

Flake stöhnte genervt und sagte: „Finia, das ist Eye van Hawk. Hawk, das ist Finia Iraney. Zufrieden?"

„Freut mich, dich kennen zu lernen, Finia", sagte der Mann namens Hawk.

„Können wir hier bleiben?", fragte Flake. „Wir bleiben auch nicht lange in der Stadt, höchstens eine Woche, wenn möglich weniger."

„Ihr könnt so lange hier bleiben, wie ihr wollt", meinte Hawk, sprang auf und schnappte ein paar Decken von einem muffigen Sofa. „Ich freue mich über ein bisschen Gesellschaft in meiner Hütte. Allerdings hab ich kein Bett für dich, Flake, du müsstest schon auf dem Boden oder bei mir auf dem Sofa pennen."

Flake lachte wie über einen schlechten Scherz.

KAPITEL 8: EIN SCHUPPIGER POET

Finia streckte sich und schlug die warme Decke zurück. Nach den Tagen im Sattel war es wieder einmal ganz angenehm gewesen, in einem richtigen Bett schlafen zu können. Auch wenn es das Bett eines Fremden war, der für sie extra die Nacht auf dem Sofa verbracht hatte.

Sie erhob sich aus den Federn und riss die Vorhänge auf. Das Fenster wies in den Innenhof vom Vorabend, ein kleines Stück Gras und Kies, umgeben von steinernen Häuserwänden und einem Brunnen in der Mitte. Vor der Tür der Schneiderei lungerten ein paar Männer herum, die Stoffballen in das Haus schleppten, Lärm hallte über den Hof.

Finia lauschte. Im Haus von Hawk war es vollkommen still und nirgends schien sich etwas zu regen.

Selbst nebenan in der Küche war niemand. Auf dem Tisch standen Reste eines Frühstücks, von denen sich Finia etwas schnappte. Vor ihrer Nase lag ein Lederbeutel und ein Zettel Pergament, auf dem ihr Flake eine Nachricht hinterlassen hatte:

Bin mit Hawk unterwegs, kommen erst abends zurück. Nimm das Geld, kauf dir neue Kleidung, was zu essen, ist mir egal. Bleib möglichst unauffällig und bring dich nicht in Schwierigkeiten!
Flake

Schwierigkeiten? Finia schluckte einen Bissen von ihrem frischen Apfel hinunter. Sie wusste nicht, ob sie sich über diese abfällige Nachricht ärgern sollte, und sah an sich hinunter. Sie konnte wirklich neue Sachen gebrauchen, ihre waren alt, abgenutzt und von der Reise bereits an mehreren Stellen verschlissen.

Vorsichtig nahm Finia den Beutel hoch und verschluckte sich fast. Er war schwer und bis an den Rand mit klimpernden, glitzernden Goldmünzen gefüllt.

Noch nie hatte sie so viel Geld gesehen und erst recht keines besessen, das man ihr zum Ausgeben schenkte. Zuhause hatte Finias Mutter ihr nur selten etwas Neues kaufen können. Zu ihrem dreizehnten Geburtstag hatte sie ihr eine Goldmünze geschenkt, von dem sich Finia ein warmes Brötchen gekauft und sich sogleich dafür geschämt hatte.

Trotzdem war es das leckerste Brötchen, das sie je gegessen hatte.

Finia schüttelte den Kopf, schlüpfte in ihren Mantel und huschte aus dem Haus und hinaus auf die Straße, den Geldbeutel sicher in der Tasche verstaut.

Auf der anderen Seite von Hawks Haus kam Finia eine ältere Dame in einem langen Kleid entgegen, die aus der Schneiderei gewuselt kam. „Aus dem Weg, Kindchen!", sagte sie genervt und schubste Finia grob aus dem Weg, um die Straße entlang zu hetzen.

Kindchen?, dachte Finia gekränkt und folgte ihr zu einer Hauptstraße, die direkt auf die Burg des Grafen zu hielten. Ich bin siebzehn, fast erwachsen und kein Kindchen mehr!

Die Burg stand auf einem Hügelchen, einer kleinen Insel, umgeben von einem breiten Wassergraben. Zwischen diesem und den nächsten Straßen lag der Marktplatz, ein lebendig gewordenes Gewusel aus Männern, Frauen und Kindern. Händler aus allen Herren Ländern boten brüllend ihre Waren an, die auf Karren auslagen. Vor einem etwas größeren Gebäude, vor dem ein gutes Dutzend Soldaten herumstanden, stand ein Galgen.

Finia wandte ihm den Rücken zu, eine Gänsehaut zierte ihre Nacken, und musterte die Burg.

Noch nie zuvor im Leben hatte sie eine Burg gesehen, an deren Zinnen bunte Banner im kalten Winterwind flackerten, mit mehr Fenstern, als Finia zählen konnte. Die mächtigen Türme ragten wie Baumstämme in den tief grauen Himmel, die Zugbrücke auf dieser Seite war heruntergelassen. Ein einzelner Reiter kam aus dem Innenhof hervor geschossen und preschte auf seinem Pferd an Finia vorbei nach Westen.

Schlendernd machte sich Finia daran, den riesigen Marktplatz zu erkunden. Die Händler boten eine Vielzahl an Waren, von herkömmlichen Haushaltsgegenständen über Nahrungsmittel, Geräte für die Feldarbeit, Vieh wie Schafe und Ziegen, und Kleidungsstücke, wo sich Finia neu eindecken konnte. An einem anderen Stand kaufte sie sich einen Rucksack, in dem sie die neuen Sachen verstauen konnte, und sogar eine Scheide aus robustem Leder für ihr Schwert.

„Uff!", schnaufte Finia voll beladen und schritt auf den Stand einer Bäckersfrau zu, der betörende Geruch saftiger Törtchen wehte ihr entgegen. „Oh! Sie haben hier ja diese Brötchen!"

„Hallo, junge Dame", begrüßte die freundliche Dame sie. „Na, was darf's sein?"

„Ich hätte gern ein paar von diesen Brötchen", sagte Finia und deutete auf das Gebäck. „Und kann ich auch etwas von diesen Apfeltörtchen? Die sehen einfach toll aus!"

„Natürlich", sagte die Bäckersfrau lächelnd, füllte eine Tüte und reichte sie Finia. „Hier. Und guten Appetit."

„Danke!" Finia strahlte und nahm die Tüte entgegen.

„Wenn sich doch alle meine Kunden so über meine Waren freuen würden", lachte die Frau. „Aber hier nimmt sich ja nur selten jemand die Zeit für ein gut gebackenes Brötchen. Sag, du kommst nicht von hier, oder?"

Finia schüttelte den Kopf. „Eigentlich nicht", gestand sie. „Ich komme aus dem Norden, aus Elinas."

„Elinas?" Die Frau beugte sich über ihre Waren. „Dann kennst du doch bestimmt Dracos Iraney, oder?"

„Ja", sagte Finia betrübt. „Ich… kannte ihn. Er ist vor einiger Zeit verstorben. Ich bin seine Nichte."

„Oh!", rief die Frau auf. „Das… Das tut mir Leid… Ich kannte ihn nicht gut, aber jedes Mal, wenn er hier in Lirna war, dann kaufte er diese Brötchen. Er war ganz verrückt nach denen. Genau wie du."

„Ich bin leider nicht für lange in der Stadt, glaube ich", überlegte Finia und zwang sich zu einem Lächeln. „Aber solange ich hier bin, komme ich jeden Tag her und kaufe diese Brötchen!"

„Das würde mich freuen!"

Finia verabschiedete sich von der Bäckersfrau und setzte sich an den Graben auf eine Bank, um sich eine Pause von ihrem Bummel und den Geschmack ihrer Leckereien zu gönnen. Die Brötchen waren wirklich dieselben und schmecken noch immer genauso gut.

Selbst hier in Lirna gab es Menschen, die ihren Onkel gekannt hatten…

Plötzlich schreckte sie hoch und wirbelte herum. Menschen zogen an Finia vorbei, von einem Stand zum nächsten. Niemand achtete auf sie und doch hatte sie das Gefühl, dass man sie beobachtet hatte. In der Nähe hörte Finia die zarten Laute einer Harfe und folgte den Tönen durch die Massen.

„Und wieder einmal das Gedicht einer jungen Elfendame", sagte eine knurrende Stimme vor ihr. „Dieses nannte sie 'Auf dem Wall' und es lautet folgendermaßen:

Nachts hörte ich die Sangen der Nachtigall,

Als ich saß auf meiner Burg hohen Wall.

Ewig wart ich, dass der Liebste zurückkehrt zu mir,

Reitend auf seinem prächtig, stolzen Tier.

Er zog aus vor Jahren, seine Liebe zu beweisen,

Wollte für mich in ferne Länder reisen.

Umkreist er auch umsonst der Welten Ball,

Ich wart ewig, sitzend auf meinem Wall."

Am Ende des Gedichts stand Finia vor einem kleinen Holzstand, abseits der anderen. Statt eines Menschen saß dort ein echsenartiges Wesen mit lederartigen Flügeln an einem Schreibpult, eine Lesebrille auf seiner langen Schnauze und ein Blatt Pergament in der klauenartigen Hand, die er sinken ließ.

„Das war wunderschön", sagte Finia beeindruckt.

„Oh, vielen Dank, werte Lady", sagte das Wesen. „Nur seid Ihr offenbar die einzige in dieser Stadt, die gewillt ist, meinen Worten zu lauschen."

Finia sah sich um. Außer ihr war niemand stehen geblieben, um den Worten zu lauschen. Die Menschen wuselten an dem Stand vorbei, als sähen sie ihn gar nicht. „Ob es am Gedicht liegt?", fragte sich die große Echse laut und wühlte mit ihrem langen, dornenbesetzten Schwanz in einem Stapel Pergamentbögen hinter sich, alles Gedichte und Lieder, die in derselben Schrift niedergeschrieben waren.

„Verzeiht, wenn ich frage", sagte Finia zögernd, „aber… Was seid Ihr?"

„Sieht man das denn nicht?" Das Wesen flatterte mit seinen Flügeln und zupfte ein anderes Gedicht hervor. „Ich bin ein Drache! Soi-Jobei Dinaz ist mein Name, aus Lyrdic, Bote der Elfen, Schreiber und Poet."

Skeptisch musterte Finia die orangefarbenen Schuppen, die den Körper des Wesens bedeckten. „Mein Onkel hat mir viele Geschichten von Drachen erzählt", sagte sie. „Aber in seinen waren die stets… nun ja, größer. Zumindest größer als ich."

Der Drache, der gerade einmal so lang wie Finia groß war, schnaubte beleidigt. „Es gibt auch durchaus kleinere Exemplare unserer Rasse. Außerdem bin ich ja noch jung und lange nicht ausgewachsen."

„Wie alt seid Ihr denn?", fragte Finia und entdeckte den weißen Saum eines Bartes an seiner Schnauze.

„Ich bin erst vierhundertzweiundachtzig", antwortete der Drache. Finia japste auf. „Sagt, habt Ihr einen Auftrag für mich oder nicht?"

„Äh, Auftrag?", fragte Finia.

„Ja, Auftrag", wiederholte er. „Wie gesagt, ich bin Schreiber. Ich ziehe durch die Städte, trage die Gedichte der Elfen vor, die ich bei ihnen niederschreibe, oder verfasse für die Bewohner Schriften, zum Beispiel Briefe, Plakate oder auch selbst Gedichte, das ist mein Beruf. Heutzutage kann ja kaum einer lesen und schreiben, ausgenommen die hohen Mitglieder der Klöster…"

„Ich kann selbst schreiben", wandte Finia ein. „Und lesen kann ich auch."

„Ach, wirklich?" Der Drache schien überrascht. „Ihr seht mir aber nicht wie jemand aus einem Kloster aus, eher wie ein gewöhnliches Bauernmädchen. Abgesehen von Eurem Haar… Interessante Farbe!"

„Mein Onkel hat es mich gelehrt."

„Euer Onkel muss ein gelehrter Mann sein."

„Das war er…"

Der Drache schien Finias bedrückte Miene zu bemerken, denn er fragte: „Sagt, Ihr habt mir noch gar nicht Euren Namen genannt, Melady."

„Ich heiße Finia", antwortete sie.

„Freut mich, Eure Bekanntschaft zu machen, Miss Finia", sagte der Drache. „Wenn Ihr wieder einmal ein paar Gedichten lauschen wollt, kommt ruhig wieder her. Ich bin jeden Tag auf diesem Marktplatz."

„Ich komme bestimmt wieder!", versprach Finia und wandte sich zum Gehen. „Auf Wiedersehen!"

Es wurde bald dunkel in Lirna und Finia machte sich auf den Heimweg zu Hawks Haus. Auf ihrem Weg kam sie an Soldaten vorbei, die gerade dabei waren, das Feuer in den Straßenlaternen zu entfachen. In Hawks Haus brannte auch schon Licht. Flake und sein Freund waren zurück und Finia taten die Füße weh. Am nächsten Tag würde sie ihre neuen Stiefel anziehen, die sie sich bei einem Schuster besorgt hatte und die frei waren von Löchern.

KAPITEL 9: DISKUSSION

Es war mitten in der Nacht, als Finia von einer lauten Diskussion in der Küche geweckt wurde. Sie hörte Hawk, der auf Flake einredete, und wollte versuchen, weiterzuschlafen. Bis ihr Name fiel.

„Du und Finia, ihr habt noch einen weiten Weg vor euch", hörte sie Hawk sagen. „Wie willst du es schaffen, die Silberfüchse abzuhängen? Ich kenne diese Typen, die jagen ihrer Beute so lange nach, bis sie sie getötet haben. So kommt ihr nie bis zum Wall!"

„Bei Daimon, ich kenne diese Typen auch!", feuerte Flake zurück. „Aber mit dem bisschen, was Finia über sie weiß, wird sie auch nicht daran denken, eigenständig loszuziehen, um Dracos zu rächen."

„Wie, mit dem bisschen?" Hawk erhob ungläubig die Stimme. „Jetzt sag mir aber nicht, du hast ihr nichts erzählt!" Schweigen. „Du hast ihr noch gar nichts erzählt?!"

Flake antwortete nicht.

Stirnrunzelnd und von der Neugier gepackt, setzte sich Finia auf. Im Werte einer Sekunde stand sie neben der Tür, die einen winzigen Spalt offen stand, und lugte in die Küche. Eine Kerze brannte auf dem Tisch, an dem Hawk saß, ihr den Rücken zugewandt. Er hatte den Kopf Flake zugewandt.

Der saß ihm gegenüber, sein Gesicht wirkte verschlossen wie eine Truhe. „Ich erzähle ihr das, was für den Moment wichtig ist", sagte er tonlos. „Sie muss nicht wissen, dass man ihren Onkel ermordet hat, weil er unser Botschafter war! Diese Kerle sollen bloß zurück nach Lyndas gehen…"

„Ich redete nicht von Dracos und den Silberfüchsen", fuhr ihm Hawk dazwischen. „Ich rede von uns. Hast du ihr denn nichts über uns erzählt? Wer wir sind? Was wir sind?"

Finia hielt den Atem an und drückte sich so dicht an die Tür wie möglich, um ja alles mithören zu können. Ihr Onkel war ein Botschafter gewesen? Für was?

„Und was, denkst du, soll ich ihr erzählen?", wollte Flake wissen, ohne seinen Freund anzusehen. „Sie glaubt ja nicht einmal an unsere Existenz! Sie weiß nicht, was sie selbst ist, ihr Erbe! Sie weiß nichts."

Hawk schüttelte den Kopf und hämmerte mit seiner Hand auf die Tischplatte, die Flamme der Kerze zitterte. „Flake!", rief er laut. „Du musst sie aufklären, bis ihr am Wall seid. Ihre Unwissenheit macht es den Silberfüchsen noch leichter, sie zu manipulieren und du wirst sie nicht davor schützen können."

„Ich werde nicht zulassen, dass sie diesen Schweinen in die Hände fällt!", knurrte Flake.

Flake, dachte Finia überrascht und sah zu ihm hinüber. Ich dachte, ich wäre ihm egal… Aber offenbar habe ich mich geirrt.

„Sie ist nicht Kizumi", sagte Hawk so leise, dass es Finia in ihren eigenen Gedanken fast entging.

Augenblicklich sprang Flake auf, sein Stuhl fiel laut polternd zu Boden. Flake wandte sich ab und schritt zum Fenster, die Hände zu Fäusten geballt. „Sie ist nicht Kizumi", wiederholte er und Finia hörte die Schwere in seiner Stimme deutlich heraus. „Kizumi ist tot, also erinnere mich nicht ständig an sie… Ich werde nicht zulassen, dass ich denselben Fehler zweimal mache!"

„Flake…"

„Ich gehe spazieren", sagte Flake und stürmte nahezu aus der Tür in die Dunkelheit.

Hawk folgte ihm nicht. Er hatte sich ebenfalls erhoben, warf seinem Falken einen Blick zu und schritt auf das Schlafzimmer zu.

Lautlos huschte Finia zurück ins Bett und konnte gerade die Decke über den Kopf ziehen, da stand Hawk bereits in der Tür und sah auf Finia herab, die die Augen fast ganz geschlossen hatte. „Ein Name", murmelte er. „Ein Name und so viel Unheil… Ich wünschte, man hätte dich mit alledem verschont, kleines Mädchen. Dein Vater und dein Onkel haben dir ein schweres Erbe hinterlassen."

KAPITEL 10: WILDE GEFECHTE

Es war bereits Mittag, als Finia sich aus dem Bett schälte und in ihre neuen Sachen schlüpfte. Die ganze Nacht hatte sie noch darüber nachgedacht, worüber Hawk mit Flake diskutiert hatte.

Die beiden hatten Dracos gekannt. Woher und in welcher Beziehung sie zueinander standen, wusste sie nicht, er hatte seiner Nichte nie von solch schrägen Vögeln erzählt. Aber sie hatten ihn gekannt und so, wie Finia Hawks schwermütige Stimme vernommen hatte, war es mehr als nur eine Randbekanntschaft gewesen.

Finia schritt in die Küche. Sie wollte die beiden zur Rede stellen und zugleich traute sie sich nicht. Ihr erster Blick fiel auf Flake. Er lag auf dem Sofa, auf dem sonst Hawk schlief, und schnarchte leise vor sich hin. Es war das erste Mal überhaupt, dass sie ihn schlafen sah, und trat schleichend näher.

Für einen kurzen Moment, in dem Finia deutlich die Erschöpfung auf Flakes Gesicht sehen konnte, hatte sie das Verlangen, ihm durch die Haare zu fahren und sie ihm aus der Stirn zu wischen. Schwer hielt sie sich zurück und holte stattdessen eine Decke, die sie ihm überlegte.

Hawk war nicht Zuhause und er kam erst zurück, als Finia mit ihrem Frühstück im Freien fertig war. „Hey", begrüßte er sie, sein Falke war nicht bei ihm. „Was sitzt du denn hier draußen rum?"

„Flake schläft", antwortete Finia, die auf den Stufen vor der Tür saß. „Ich wollte ihn nicht wecken."

„Das ist aber rücksichtsvoll von dir", meinte Hawk lächelnd, gähnte knapp und setzte sich zu ihr auf die Stufen. „Flake hat echt riesiges Glück mit dir. Er hatte schon Aufträge, da waren die Leute, mit denen er unterwegs war, weit unangenehmere Gesellen. Mich wundert's nur, dass du es so lange mit ihm aushältst."

„Wie habt Ihr ihn denn kennengelernt?", wollte Finia wissen. „Jemand wie er ist mit einem so freundlichen Menschen wie Euch befreundet."

„Tja, er ist mir halt ans Herz gewachsen", fing Hawk grinsend an. „Na ja, es war Anfang Frühjahr, so wie jetzt auch, in einer Taverne weit nördlich von hier. Flake und ich hatten uns in dasselbe Mädchen verguckt, aber mit so einem Geheimniskrämer kann so ein lässiger Typ wie ich halt nicht mithalten!" Er lachte amüsiert und fuhr fort: „Flake is' 'n netter Kerl, glaub mir. Etwas mürrisch, aber daran gewöhnt man sich nach einer Weile. Und Fremden traut er nicht sonderlich. Ich brauchte Jahre, bis er mir richtig traute."

Finia schluckte. Hoffentlich dauert es bei mir nicht so lange, dachte sie und sah hinauf in den grauen Himmel. Andererseits weiß ich nicht, wie lange unsere Reise noch dauern wird. Vielleicht trennen sich unsere Wege ja und ich sehe Flake nie wieder…

Aus irgendeinem Grund gefiel ihr dieser Gedanke nicht.

„Hawk?"

„Ja?"

Finia biss sich auf die Lippen. Los!, schrie es in ihr und sie nuschelte: „Kanntet Ihr und Flake meinen Onkel, Dracos Iraney?"

Hawk nickte. Er sah ihr offen ins Gesicht und antwortete: „Ja. Ja, ich kannte Dracos. Er war ein guter Mensch und sein Tod macht mich traurig. Ich kannte ihn, wenn auch wohl nicht so gut wie du."

Gut kennen? Mit jedem Tag, an dem Finia mehr von ihrem Onkel hörte, hatte sie mehr und mehr das dumpfe Gefühl, ihn gar nicht gekannt zu haben. Sie kannte den Dracos, der ihr als kleines Mädchen Geschichten von Rittern und Dämonen erzählt hatte. Nicht aber Dracos, der Botschafter, der ermordet worden war.

„Du hast uns letzte Nacht belauscht", stellte Hawk fest.

Finia senkte betreten den Blick auf ihre neuen Stiefel. „Es… tut mir Leid…"

„Hey!" Hawk legte ihr eine Hand auf die Schulter. „Das war keineswegs als Vorwurf gemeint, wir waren ja auch ziemlich laut… Nein, ehrlich gesagt, ich kann dich gut verstehen, bei dem, was Flake dir erzählt. Es ist wenig, doch glaub mir: Er wird dich noch über alles aufklären, wenn er die Zeit für gekommen ansieht."

Nach einer Weile fragte Finia weiter: „Wer war diese Kizumi?" Hawk zog seine Hand langsam von ihrer Schulter und sah gen Himmel. „Kizumi war das Mädchen, in das wir uns verguckt hatten", sagte er leise. „Er hat sie geliebt wie niemanden sonst auf der Welt.

Unser Herr erteilt uns manchmal Aufträge, so wie der von Flake jetzt, dich mit sich zu nehmen. Damals hatte er auch einen Auftrag für Flake, der jedoch von seinem vorherigen noch etwas angeschlagen war. Also übernahm Kizumi den Auftrag. Flake wollte nicht, dass sie den Job macht, aber sie hörte nicht auf ihn."

„Was ist passiert?", fragte Finia leise.

„Sie ist in Ausführung ihrer Pflicht umgekommen."

Finia wandte den Blick ab und schämte sich für ihre Neugierde. „Das wusste ich nicht", gestand sie.

Hawk schüttelte den Kopf und erwiderte: „Ach, komm, das ist Jahre her! Ich hab's dir gesagt, damit du ihn nicht fragen und ihn nicht daran erinnern musst, und nicht, damit du ein langes Gesicht machst! Geh lieber mal dein Schwert holen."

„Eh?", machte Finia verwirrt.

„Na los!", lachte Hawk und streckte sich. „Für mein Geplapper nehme ich Flake jetzt die Arbeit ab, dir den Schwertkampf beizubringen."

Noch immer verwirrt, tat wie Finia wie geheißen und kehrte auf den Hof zurück. Hawk pfiff gut gelaunt vor sich hin und zog sich Handschuhe an. Finia hielt sie zumindest dafür, bis sie die langen, scharfen Metallkrallen an ihnen bemerkte. Sie verliehen Hawk neben seinem schmalen Gesicht und der spitzen Nase noch mehr das Aussehen eines Raubvogels. „Guck nicht so schockiert", meinte er und wedelte mit den Krallen. „Ich werde dich schon nicht kratzen. Flake teert und federt mich, wenn ich dir was antue."

Er lachte.

Finia schluckte und band sich die Scheide an den Gürtel. „Ein bisschen mehr Optimismus für die Welt!", riet ihr Hawk und sah geduldig zu. „Gut, du bist Rechtshänderin, ja? Dann die Scheide links… Okay. Zieh mal dein Schwert – nicht so verkrampft! Ganz locker."

Zum Teil kam sich Finia albern dabei vor, das Schwert zu ziehen, in die Luft zu hieben und umher zu wirbeln, wie Hawk es ihr zeigte. Vor einigen Wochen hätte sie nie daran gedacht, je eine Waffe in den Händen halten zu müssen, und nun hatte sie sogar Unterricht in ihrem Umgang.

Hawk war ein guter Lehrer. Lächelnd zeigte er ihr schnelle Manöver mit der Klinge und dass man kämpfen und hieben konnte, selbst wenn man am Boden lag, so wie Flake im Sklavenwald. Es war ungewohnt und irgendwie machte es Finia sogar Spaß.

Trotzdem, sie kam sich vor wie…

„Ein Bauer mit einem Schwert, sehr amüsant."

Finia hielt inne. Flake stand plötzlich neben ihr und sah auf sie herab, wie sie mit Staub auf Stoff und Haar japsend vor ihm stand. Allzu begeistert sah er nicht aus. „Hey, Flake!", begrüßte ihn Hawk und trat näher. „Na, du hast aber lange gepennt, es wird ja schon dunkel."

Überrascht hob Finia den Kopf zum Himmel, der bereits dunkler wurde und sich im Licht der Abenddämmerung verfärbte. In dem kleinen Übungsgefecht mit Hawk hatte Finia ganz die Zeit vergessen. Jetzt war ein Spaziergang zum

Marktplatz nicht mehr möglich, denn Finia knurrte der Magen.

„Da hat wohl jemand Hunger!", lachte Hawk, dem es keineswegs entgangen war, und Finia lief rot an vor Verlegenheit. „Haha, kommt rein, ich koch uns schnell was."

Wenig später saßen die drei im Licht von Kerzen in der Küche. Hawk zauberte mit seinen Krallen in Windeseile eine Pilzsuppe mit frischem Kartoffelbrei, der Finia noch hungriger machte. „Das riecht toll!", sagte sie und beugte sich über den Teller, den Hawk vor ihr auf den Tisch stellte.

„Wenn's so gut schmeckt, wie's riecht, bin ich schon zufrieden", meinte er und stellte sich und Flake ebenfalls Teller hin. „Flake, nun komm und setz dich zu uns!"

Flake murrte und wandte dem Fenster, an dem er gelehnt und nach draußen gespäht hatte, den Rücken zu. „Warum wirst du nicht Koch, wenn dir dieses elendige Geschnippel so viel Spaß macht?", wollte er wissen und setzte sich.

„Dafür habe ich auf Dauer nicht die Geduld", erwiderte Hawk achselzuckend.

„Kann ich vielleicht noch eine Portion haben?", fragte Finia.

„Was, schon aufgegessen?!" Hawk starrte den leer geputzten Teller an. „Du liebe Güte, Flake! Deine junge Begleiterin hat aber einen gesunden Appetit!"

„Pass lieber auf, sonst frisst sie dir noch die Haare vom Kopf!", warnte ihn Flake.

„Ach was", sagte Hawk und füllte der verlegenen Finia noch einmal nach. „Iss, Kleine. Du brauchst Energie, immerhin waren das heute nicht deine einzigen Trainingsstunden. Morgen geht's weiter!"

KAPITEL 11: GESUCHT, GEFUNDEN, VERLOREN

Die ganzen nächsten Tage gab sich Hawk alle Mühe, Finia möglichst viel über den Kampf mit dem Schwert beizubringen. Das einzige, was Finia je so geschwungen hatte, war die alte, rostige Sense, um am Ende des Sommers das Korn zu ernten, oder den Schlägel, um es aus den Ähren zu schlagen, damit das frische Getreide zu Mehl und zu Brot verarbeitet werden konnte.

Wenn man einmal davon absah, dass ihr das Schwert viel schwerer vorkam als die Geräte für die Feldarbeit.

Sie waren nun schon eine Woche in Lirna, als Hawk ihr einen Tag Pause gönnte. „Pause muss sein", meinte er zu Finia an einem regnerischen Vormittag. „Nimm deinen Mantel und amüsiere dich ein bisschen. Vielleicht triffst du ja Flake unterwegs."

Flake war kaum Zuhause. Finia wusste nicht, wo er tagsüber war, und wenn sie Hawk fragte, erwiderte der nur, Flake sei unterwegs und gehe Geschäften nach. Was das für Geschäfte sein sollten, wusste Finia nicht und Hawk gab ihr keine Auskunft. Lieber streichelte er das silbrige Gefieder seines Falken und Finia beließ es dabei.

Wie an ihrem ersten Tag zog es Finia zum Marktplatz, der trotz des schlechten Wetters von schnatterndem Leben erfüllt war. Die Dächer der einzelnen Stände waren groß genug und man blieb unter ihnen größtenteils trocken, zwischen andere Menschen gepresst, von denen man fast zerquetscht wurde.

Lächelnd wurde Finia von der Bäckersfrau an ihrem Stand begrüßt. „Ah, du bist ja wieder da", sagte sie. „Ich dachte schon, du wärst wieder aus der Stadt verschwunden."

„Noch nicht", entgegnete Finia und nahm die Tüte Brötchen entgegen, die die Frau ihr schon reichte. „Ich war in den letzten Tagen nur ein wenig beschäftigt."

„Na dann!"

Kauend zog Finia über den Markt. Sie musterte die Waren der Händler, ohne etwas kaufen zu wollen. Hawk hatte ihr wieder einen prall gefüllten Geldbeutel in die Hand gedrückt, aber Finia wollte ihn nicht. Sie schämte sich, jetzt das Geld zu haben, das nicht einmal ihr eigenes war. Was war mit ihrer Mutter? Was, wenn sie keines hatte, nun, da Finia sie auch noch verlassen hatte?

In den letzten Tagen dachte Finia wenig an ihre Mutter und sah hinauf in den Regen. Sie wollte nicht an Clay denken, aus Sorge, die Trauer könne sie wie eine Lawine überrollen.

„Einst sah ich ein Mädchen im Regen steh'n, stand da und wollt in den Regen sehn."

Finia wirbelte herum. Vor ihr hockte der poetische Drache im Schutz vor dem Regen unter dem Dach seines Standes. Er reckte die Flügel über die Bücher neben sich, damit eine Böe aus Wind und Regen diese verschonte. „Herr Dinaz", sagte Finia. „Ihr seid hier?"

„Ich bin immer hier", lautete die Antwort. „Ob es regnet, stürmt, schneit, ob Winde wehen oder die Sonne uns mit ihrem Licht und ihrer Wärme beglückt – das Wetter vertreibt mich nicht von hier. Und Ihr? Ich habe Euch ein paar Tage nicht gesehen."

„Ich habe nachgedacht", meinte Finia und zum Teil stimmte das auch. „Mein Begleiter und ich werden wohl bald weiterziehen. Nach Norden."

„Interessant." Dinaz hob den Kopf an seinem langen Hals. „Ich würde gerne auch in den Norden reisen. Dort gibt es vieles, was ich noch nie zuvor in meinem langen Leben gesehen habe."

„Jemand wie Ihr kommt bestimmt viel herum." Finia trat näher, musterte die vielen Pergamentstapel neben dem Leib des Drachen und versuchte, desinteressiert zu klingen.

„Und bestimmt schnappt Ihr unterwegs so einiges auf."

„Durchaus", gab Dinaz zu.

„Dann habt Ihr doch bestimmt schon einmal etwas von ein paar Leuten gehört, die sich Silberfüchse nennen, oder?"

Dinaz schwieg lange. In der Nähe tanzten ein paar blasshäutige, junge Gaukler über den Marktplatz, sangen mit ihren wohlklingenden Stimmen oder spielten auf ihren fremdartigen Instrumenten. „Die Silberfüchse", fing Dinaz an, „stammen aus Lyndas."

„Lyndas?", fragte Finia irritiert.

„Ein schönes Land südlich von Liriana", erklärte Dinaz. „Weite Ländereien, prunkvolle Städte, riesige Wälder. Lyrdic, die Stadt, aus der ich stamme, ist ihre Hauptstadt. Es ist das Land der Elfen."

Er deutete auf die Gaukler. Dracos hatte seiner Nichte sehr wenig über die Elfen erzählt und Lyndas hatte er nie erwähnt. Einmal hatte er ihr ein Bild gezeigt, das Finia bei diesem Thema ins Gedächtnis glitt: schöne, blasshäutige Wesen, ein klein wenig größer als normale Menschen, mit spitzen Ohren. Finia konnte sie bei den Gauklern sehen, die an ihnen vorbei tanzten.

„Lasst Euch nicht von ihren schönen Stimmen betören", riet Dinaz, seine Stimme klang weit entfernt und wurde fast übertönt von der Elfenmusik. „Aber sagt... Wie kommt eine so junge Dame wie Ihr an die Silberfüchse?"

„Sie haben meinen Onkel ermordet", nuschelte Finia geistesabwesend. Der Teil in Finia, der trotz der Musik klar blieb, begriff es nicht. Wieso hatten die Elfen ihren Onkel ermordet? Was hatte er ihnen denn schlimmes getan?

Finia bemerkte die offene Verwirrung in Dinaz' schuppigen Gesicht nicht. „Wieso haben sie das getan?", fragte er unruhig.

„Die Silberfüchse sind Jäger, aber sie töten keine Menschen. Nur... Nein, unmöglich!"

Achselzuckend wandte sich Finia ab. „Ich muss gehen", sagte sie kurz angebunden und schritt davon. Es interessierte sie nicht, was die Kerle jagten, sie wollte es von ihnen hören, warum sie Dracos das angetan hatten. In dem Moment, bevor sie es ihnen mit ihrem Schwert zurückzahlte.

Finia erschrak. Wie konnte sie sich nach so einem Akt der Rache sehnen! Inmitten der fremden Menschen wurde ihr Gesicht blass, halb verborgen unter der Kapuze ihres Mantels. Woher kamen nur diese schrecklichen Bilder des Mordens in ihrem Kopf, die Bilder voller Blut?

Instinktiv hob Finia den Kopf. Vor ihr an der Straße standen zwei vermummte Gestalten, die mit ihren Umhängen aus der Masse hervorstachen. Mit ihren einst silbrigen Umhängen, die der Regen gräulich verfärbte.

Finias Herz schien einen Moment auszusetzen. Sie erinnerte sich. Es waren diese Typen. Die, die sie in Elinas attackiert hatten. Die Silberfüchse. „Hier ist keiner von diesem Dreckspack", sagte der eine und Finia erkannte seine Stimme wieder. „Lirios hat sich bestimmt wieder einmal geirrt."

„Durchaus möglich", gab der andere zu. „Trotteliger Halbmensch. Ich konnte nie begreifen, was einige von uns daran finden, sich mit den Menschen zu mischen. Wir sollten zurück nach Lyrdic. Hier gibt es für uns nichts mehr zu tun."

„Wohl wahr."

Die beiden bogen hastig in eine abzweigende Gasse ab. Finia zögerte keine Sekunde und folgte ihnen in sicherer Entfernung, stolperte fast über ihre eigenen Füße.

Die Gasse war schmal und verlassen. Sie führte von der Burg aus leicht bergab, zwischen hohen Häuserwänden, der Regen sammelte sich im Rinnstein. Die beiden Silberfüchse folgten ihr, als läge an ihrem Ende ein Schatz, den sie als erste ergattern wollten.

Aus einem kleinen Gasthaus kam ein Mann geschritten und zog sich die Kapuze seines Umhangs über den Kopf. Finia rannte ihn in ihrer Verfolgung fast um, sah kurz in sein verwirrtes Gesicht und hetzte weiter. Sie durfte die Kerle nicht aus den Augen verlieren!

Fast lief sie in einen anderen vermummten Mann. Dicht schritt er an ihr vorbei und packte Finias Arm. „Hey!", protestierte sie, er zog sie mit sich zurück in Richtung Marktplatz.

„Leise!"

Finia starrte ihn an und Flake schlug ihr die freie Hand auf den Mund. „Leise, hab ich gesagt!", zischte er und zerrte sie mit sich. „Dreh dich nicht um, bis wir wieder am Markt sind!" Flake hielt nicht am Marktplatz. Er führte Finia durch die Menschenmassen, durch Straßen, vorbei an Häusern, die er nicht eines Blickes würdigte. Erst im Haus von Hawk blieb er stehen und packte Finias Arm noch fester. „Bist du eigentlich wahnsinnig?", fragte er drohend. „Was hast du dir dabei gedacht, diesen Typen zu folgen!"

„Das waren die Kerle, die meinen Onkel ermordet haben!", schrie sie ihn an. „Die mich an den Kirchturm gefesselt haben! Ich war so kurz davor, meinen Onkel zu rächen… So kurz…"

„Du warst so kurz davor, ihm im Seelenfluss Gesellschaft zu leisten." Flake lehnte sich an die Wand und ließ Finia endlich los. Er konnte seine Stimme kaum ruhig halten und sie sah ihn noch immer mit diesem anklagenden Blick an. „Glaubst du, das würde deinem Onkel gefallen?"

„Ich weiß nicht, was ihm gefallen hätte, denn dank denen ist er tot! Aber was versteht Ihr schon davon!" Wütend verschränkte sie die Arme vor der Brust.

Flake senkte den Blick. Sie glaubte gar nicht, wie gut er sie verstand. Auch er hatte diesen Hass in sich. Den Hass auf die Menschen, die ihm vor Jahren alles geraubt hatten, was er liebte…

„Flake?"

Er hob den Kopf. Finia sah zu ihm auf und der Blick, mit dem sie ihn ansah, machte ihn ganz krank. So voller Unschuld und noch unberührt von allem Unheil. Man sah in ihren Augen eine Frage funkeln, die sie ihm jedoch nicht stellte. „Ich glaube, ich habe Iro gesehen", sagte sie stattdessen. „Ein Freund von mir aus Elinas. Vielleicht habe ich mich auch geirrt…"

„Egal", meinte Flake. „Morgen früh reisen wir weiter…"

„Morgen schon?!"

„Weil es nicht zu riskieren ist, dass die Silberfüchse uns finden. Du solltest deinem Schutzstern danken, sonst wärest du jetzt vielleicht nicht mehr am Leben. Sei froh, dass er mich zu dir geschickt hat."

Von draußen ertönte verärgertes Brüllen, ein Fauchen, eine Stichflamme leuchtete für ein paar Sekunden im Hof auf. Dann war wieder alles dunkel und Flake lugte vorsichtig aus dem Fenster. Sogleich öffnete sich die Tür und Hawk huschte hastig herein. Er hatte einen Drachen in der Mangel, eines der vielen Geschöpfe auf der Weltenscheibe, deren Begegnung Flake stets mied.

Finia schien den Drachen zu kennen. „Herr Dinaz!", rief sie verwundert auf. „W-was macht Ihr denn hier? Und… wie habt Ihr mich gefunden?"

„Der Drache huschte draußen auf der Straße rum", kam Hawk ihm zuvor. „Als ich kam, wollte ich ihn vertreiben, da meinte er, er kenne dich."

„Was?" Flake erstarrte. „Du hast ihm deinen Namen genannt? Toll! Jetzt wissen es die Silberfüchse auch, wenn sie euch belauscht haben. Wie kann man nur so leichtsinnig sein! Und was, wenn das Vieh ein Spitzel ist?!"

„Aber-!", fing Finia an, überlegte und schwieg betreten. Ihr wollte nicht einfallen, was sie sagen konnte, um Flake zu beruhigen.

„Die Silbernen sind hier?", fragte Hawk.

„Ja", knurrte Flake. „Sie ist ihnen gefolgt."

„Nicht gut", meinte Hawk und riss die Tür wieder auf, der Drache befreite sich aus seinem Griff. „Okay, ich geh die anderen warnen… Bis später!"

Weg war er.

„Ihr missversteht mich vollkommen", sagte der Drache. „Ich bin kein Spitzel und ich toleriere die Taten der Silberfüchse nicht. Ich weiß, wer Ihr seid und wohin Ihr wollt. Ich bitte Euch nur darum, dass ich Euch begleiten darf."

„Uns begleiten?", wiederholte Flake misstrauisch. „Wozu?"

„Ich war noch nie im Norden", lautete die Antwort. „Ich bin Dichter und Schreiber und möchte einmal den Wall von Taymath besichtigen. Und ich werde Euch bestimmt nicht behindern oder dafür sorgen, dass Ihr langsamer vorankommt. Ich kann Euch durchaus nützlich sein, um aus der Luft die Gegend nach Feinden abzusuchen."

Flake überlegte. Der Wall von Taymath. Es war die Grenze zu ihrem Reich, hoch im Norden. Er war nicht davon begeistert, noch jemanden dabei zu haben, aber der Drache wusste zu viel. Er durfte ihn nicht zurücklassen und ihn zu töten, war Flake zu umständlich.

„In Ordnung", murmelte er. „Ihr dürft uns begleiten. Sammelt Eure Sachen zusammen, wir reisen morgen früh ab."

„Warum nehmt Ihr ihn doch mit?", wollte Finia wissen, als Dinaz längst hinaus war. „Ihr hättet doch ablehnen können. Niemand zwingt Euch, ihn mitzunehmen."

„Er weiß zu viel", grummelte Flake. „Die Silberfüchse hätten davon Wind bekommen, dass er bei uns war. Sie würden ihn verschleppen und foltern, um von ihm zu erfahren, wohin wir wollen. Willst du das etwa?" Finia schüttelte den Kopf. „Wie dem auch sei… Wenn er irgendwelchen Mist baut, wirst du dafür gerade stehen, klar?"

Sie nickte gehorsam.

In dieser Nacht saß Flake noch lange draußen auf dem Hof und blickte hinauf in den klaren Sternenhimmel. Es war kalt, irgendwo in einer der Straßen bellte ein Hund. „Wenn du traurig bist und mich nicht findest, dann sieh hinauf in den Himmel, zu den Sternen. Von dort aus schaue ich für immer auf dich hinunter…"

„Ach, Kizumi", murmelte Flake und seufzte schwer.

Diese Sterne… Jede Nacht sah er zu ihnen auf, verlor sich in ihrer glitzernden Unendlichkeit…

Es war nachts so still in Lirna. Wie in Elinas war um diese Zeit niemand mehr draußen auf den Straßen unterwegs, das Kreischen von Eulen wurde durch bellende Hunde ersetzt. Die hohen Häuser der Stadtbewohner ragten hoch über den Kopf auf in den sternenklaren Himmel.

Iro seufzte und vergrub die Hände in den Taschen seines Mantels. Die schlaflosen Nächte der letzten Tage hatten ihre Zeichen in sein Gesicht gebrannt, das dadurch fast schon so blass wirkte wie das von Finia.

Finia…

Iro suchte ganz Liriana nach ihr ab, den Norden im Schatten der Berge, den Osten mit seinen weiten Feldern, den Westen mit den Wäldern und Seen, und nun den Süden, Lirna.

Lirna war die größte Stadt, die Iro je betreten hatte, doch sie reizte ihn nicht. Er war vollkommen blind für ihre Größe und ihren Reichtum. In Iros Kopf gab es nur noch den Wunsch, Finia zu finden.

Stirnrunzelnd zog Iro durch Lirnas schwarze Straßen. Hatte er sie am Nachmittag wirklich gesehen oder spielte ihm sein müder Geist bereits Streiche?

Seine Hand fuhr an seine Brust. Iro hörte sein Herz schlagen, rasend schnell bei diesem Gedanken. Genau dieselbe Stelle, an der Finia in ihn hineingelaufen war. Er spürte noch den Schmerz in seinem Rücken, mit dem er zurück gegen die Tür des Gasthauses geprallt war.

Morgen wollte er Lirna bereits verlassen. Nun würde er noch etwas länger bleiben und die Stadt auf den Kopf stellen. Wenn Finia wirklich hier war, musste sie jemand gesehen haben!

Vor dem Hof hinter einer kleinen Schneiderei blieb Iro stehen. Wer waren bloß diese Kerle gewesen, denen Finia gefolgt war? Und wer zum Henker war der Typ, mit dem sie in einer Flut schnatternder Frauen verschwunden war? Iro beschlich das merkwürdige Gefühl, dass er den schon einmal gesehen hatte. Mit diesen Augen, die sich in seine gebohrt hatten.

„Ich werde dich finden!", schrie Iro in die Nacht hinaus. „Finia!"

KAPITEL 12: DER WEG NACH NORDEN

Irgendwann am nächsten Morgen wachte Finia auf und fragte sich, wo Hawks Bett geblieben war. Unter ihr zog der Staub der Straße vorbei, die donnernden Pferdehufe, der Wind peitschte ihr durch das Haar.

Flake packte sie am Kragen und zog Finia aufrecht in den Sattel. „Morgen", sagte er kurz, die Zügel des Pferdes, das auf den fernen Horizont zu preschte, in der Hand. „Schnapp dir dein Frühstück aus den Satteltaschen, Hawk hat sie für uns aufgefüllt."

Finia ignorierte die prallen Taschen und ihren knurrenden Magen. Sie beugte sich an Flake vorbei. Im Süden waren gerade noch die verschwommenen Zinnen von Lirios' Burg zu erkennen. Die Stadt musste bereits einen halben Tagesritt hinter ihnen liegen.

„Jetzt guck nicht so", meinte Flake. „Lirna ist auch nur eine Stadt von vielen und genauso protzig. Die Leute sind dauernd genervt, ihr Herr ist ein Vollidiot und das Land von seinen stinkenden Menschen überfüllt!"

„Ich konnte mich nicht einmal von Hawk verabschieden", nuschelte Finia. Auch wenn sie nur ein paar Tage zusammen gewesen waren, sie hatte ihn lieb gewonnen und vermisste bereits seine stets gute Laune.

„Ich soll dir die von ihm geben", sagte Flake und reichte Finia eine lange, zierliche Falkenfeder. „Als kleines Abschiedsgeschenk, sozusagen."

Finia stutzte. Die Feder war so zart und leicht, dass Finia Angst hatte, die nächste Böe könnte sie ihr aus der Hand reißen und forttragen. „Wo ist eigentlich Dinaz?", fiel Finia ein, machte die Feder an ihrer Schwertscheide fest und sah sich nach dem Drachen um.

„Wir mussten früh los", sagte Flake, die Stimme erfüllt von Desinteresse. „Ich habe sogar noch ein paar Minuten gewartet und ritt los, da er nicht da war. Vielleicht hat er es sich ja doch noch anders überlegt und hat gekniffen."

„Wir kneifen niemals, guter Mann!"

Ein Blitz kam vom Himmel geschossen, Flügel wirbelten schlagend den Staub der Straße auf. Dinaz kochte vor Wut, Rauch quoll aus seinen Nüstern und seine Augen funkelten verärgert. „Ihr seid wirklich noch ungehobelter als Euer Falkenfreund von gestern Abend!", schnaubte er und flatterte neben ihnen her, einen schweren Rucksack auf seinem langen Rücken.

„Bitte, beruhigt Euch doch!", bat ihn Finia. „Ich bin mir sicher, dass Flake Euch nicht verärgern wollte. Oder?" Sie sah Flake herausfordernd an. „Flake?"

Der knurrte nur und wandte den Blick stur nach vorne.

„Jetzt sagt aber", sagte Dinaz, „wohin führt Euch Eure Reise als nächstes? Dies ist die Straße nach Olday-Lum, die Hauptstadt des Zwergenreiches Oldayr. Oder biegt Ihr nach Osten ab, nach Dinavor, die Hauptstadt des Wüstenlandes Jardio?"

„Oldayr", murrte Flake.

Oldayr also. Finia wusste auch nicht mehr, als dass es das Land der Zwerge war. Das Land der Täler und Schluchten, des großen Gebirges von Leayun, das an den Norden von Liriana aufragte, und dem Wall von Taymath. Was nördlich des Landes war, wusste Finia nicht. „Wart Ihr schon einmal dort?", fragte Finia.

Der Drache landete und marschierte lieber wie eine wuselnde Eidechse neben ihnen her. Er war so klein, dass Finia sich etwas herabbeugen musste. Sie kannte nur Geschichten von Drachen, gewaltige, Feuer speiende Kreaturen, größer als das Haus, in dem Finia gewohnt hatte.

„Im Norden?", fragte Dinaz nach. „Nein, eigentlich nicht. Aber ich hörte oft die Lieder der Elfen, die von den Zwergen berichteten, von großen, steinernen Städten, die einst in Berge gehauen wurden, von ihren Schätzen und ihrer grandiosen

Schmiedekunst. Und von Olday-Lum und Dahl-Styin, die Stadt in den Felsen.

Was nördlich ihrer Lande liegt, ist nirgends klar beschrieben. Der Wall von Taymath trennt ihr Reich von dem Territorium jenseits seiner Mauern."

Finia konnte stundenlang Dinaz' Erzählungen lauschen. Sie freute sich auf das Zwergenland, denn sie hatte ihre Bewohner noch nie gesehen. Anders als bei den Elfen hatte ihr Dracos durchaus einiges erzählt, was sie in Dinaz' Geschichten wiederfand.

„Ihr könntet Euch mal nützlich machen", fuhr Flake den Erzählungen des Drachen dazwischen. „Fliegt los, bleibt aber über uns. Am Abend könnt Ihr zu uns zurückkehren."

„Was soll denn das?", wollte Finia wissen.

„Schau dich doch mal um!", blaffte er sie an. Ringsumher lagen Felder, Teppiche aus Gras. Nur selten kamen sie an einem Baum vorbei geritten, der allein und dürr am Wegesrand stand. In der Ferne gab es kleinere Ansammlungen von ihnen, zu wenige, um es Wald zu nennen. „Wir haben hier nirgends Schutz, aber Feinde auch nicht. Der Drache soll nach ihnen Ausschau halten, mehr nicht, und uns im Notfall warnen."

„Sorgt Euch nicht um mich, Melady", meinte Dinaz und streckte seine Schwingen aus. „Wenn es der Herr wünscht… Immerhin nehmt ihr mich auch mit, da kann ich mich ruhig – wie ich gestern versprochen habe – nützlich machen. Bis heute Abend dann!"

Finia spürte nur einen Luftstoß, da schoss Dinaz bereits flügelschlagend zum grauen Himmel empor. Feinde… hatten sie denn welche? „Warum behandelt Ihr Dinaz so abfällig?", fragte sie Flake nach einer Weile des stummen Ritts.

Flake sah kurz zum Himmel auf, wo der Drache klitzeklein über ihnen seine Kreise zog. Vögel flogen erschreckt davon, wenn er auf sie zuhielt. „Ich traue ihm noch nicht", lautete die

Antwort. „Man kann nicht gleich jedem trauen, der daherkommt und einem abenteuerliche Geschichten erzählt. Das ist eine wichtige Lektion, die du noch lernen musst. Und zwar schnell."

Finia sah keinen Grund für solch einen düsteren Argwohn, wie Flake ihn besaß. Sie war sich sicher, dass sich Dinaz und Dracos bestimmt gut verstanden hätten.

Am Abend frischte der Wind auf und peitschte in der Dunkelheit über die Felder. Flake ritt weiter, ignorierte Finias Zittern und Dinaz' Rückkehr. „Die Gegend ist sauber", sagte er flatternd. „Etwas westlich der Straße habe ich einige hohe Felsen entdeckt, dort könnten wir rasten."

„Wer sagt, dass wir das vorhaben?", knurrte Flake.

„Egal ob Drache oder Mensch, Elf oder Zwerg", sagte Dinaz, „jeder braucht seinen Schlaf. Auch Ihr. Ihr seid schon seit heute früh unterwegs und Euer Hinterteil wird eine Pause brauchen von diesem harten Sattel."

Flake murrte und trieb sein Pferd von der Straße. Das hohe Gras, das Finia bis zu den Knien reichte, war feucht und kalt. Sie begriff nicht, warum Flake den Worten des Drachen auf einmal nachgab.

Dinaz führte sie auf drei große Felsen zu, in deren Mitte der Wind deutlich schwächer heulte. Schwarz traten sie aus der Dunkelheit wie Wächter. Tatsächlich erinnerten sie Finia an die Figuren von einem Menschen von kräftiger Statur, eines Elfen, der nur noch ein spitzes Ohr besaß, und eines Zwerges, halb so groß wie die anderen und mit Moos auf seinem Bart.

„Das sind keine Felsen", stellte Flake fest und stieg mit Finia aus dem Sattel. „Das sind welche von diesen Bündnis-Steinen!"

„Was sind das?", wollte Finia wissen, nahm die Satteltaschen und zupfte Decken und etwas für ein kleines Abendessen hervor.

„Sie stellen das einstige Bündnis zwischen dem Volk der Menschen, der Elfen und der Zwerge dar", erzählte Dinaz. „Als noch Frieden unter ihnen herrschte. Sie stehen in jedem Land und wurden vor Jahrtausenden errichtet. Bevor das Böse über die Weltenscheibe kroch."

„Ihr könntet Euch mal nützlich machen und für Feuer sorgen!", sagte Flake gereizt und band sein stummes Pferd an einem nahen Baum fest.

Dinaz, der sich ein Grasbüschel schnappte, rollte sich neben Finia an ihrem Lagerplatz zusammen. „Ich benutzte das Feuer nicht allzu oft", grunzte er. „Es hat mir einmal meine Schriften verbrannt. Seither nutze ich es nur noch im Notfall. Oder wenn man mich höflich darum bittet."

Flake musterte den grasfressenden Drachen. „Was seid Ihr für ein Drache?", sagte er abfällig. „Spuckt kein Feuer und fresst Grünzeug, seid mickrig und dichtet!"

„Also, ich fand seine Gedichte sehr schön", mischte sich Finia in den anbrechenden Streit ein.

„Oh, vielen Dank!" Dinaz gurgelte vergnügt, kratzte ein paar nahe liegende Äste vor sich zusammen und ließ eine Stichflamme aus seinen Nüstern sprießen wie eine Blume, die das Holz entfachte.

Flake wandte sich ab. „Ich übernehme die Wache für heute Nacht", knurrte er und kletterte die Menschenstatue hinauf. Er sah nicht mehr zu ihnen herab, warf dem Elfen einen hasserfüllten Blick zu und verschwand auf dem Menschenkopf.

KAPITEL 13: DIE WEGKREUZUNG

Zwei Tage, nachdem sie Lirna verlassen hatten, erreichten die drei die Wegkreuzung nach Jardio. Flake grunzte, als er den alten Wegweiser erblickte. Dinaz flog weit über ihnen, der Nebel an diesem Tag machte ihn am Himmel fast unsichtbar. Allein sein fernes Flügelschlagen hallte leer über die Ländereien, von denen Flake nicht wusste, wem sie gehörten.

Nach Osten deutete das Schild mit der verwitterten Aufschrift DINAVOR, nach Norden ging es weiter in Richtung Olday-Lum.

Auf der Reise nach Elinas hatte Flake eine andere Route genommen, über den Westen. Einige Zwerge erinnerten sich bestimmt noch an ihn und den Ärger, den er bei ihnen verursacht hatte. Die Erinnerung brachte Flake zum Lächeln.

„Wie lange brauchen wir noch bis zur Stadt?", riss ihn Finia aus seinen Gedanken.

„Drei oder vier Tage", murrte Flake und verscheuchte das Lächeln aus seinem Gesicht. „Wenn wir genauso langsam vorankommen, noch länger. Die Grenze nach Oldayr erreichen wir wohl in zwei Tagen… Wenn wir uns beeilen würden!"

Das Mädchen wandte den Kopf und sah zu ihm auf. Dieser Blick… Flake konnte ihn einfach nicht ertragen und sah zur Kreuzung vor ihnen, um ihm zu entgehen.

Ein fernes Brüllen ertönte und verklang wieder im Nebel. Wenige Meter vor dem Kopf des Pferdes schoss etwas vom Himmel herab, schlug dumpf in den Staub der Straße, knurrte. „DINAZ!?", schrie Finia.

Sie war schneller aus dem Sattel gesprungen, als Flake reagieren konnte. Stolpernd lief sie durch den Nebel zum Drachen hinüber, Blut klebte an seiner Schnauze, ein Flügel war merkwürdig abgeknickt.

Dieser Geruch… Flake verzog das Gesicht, der Geruch umhüllte sie, füllte die Leere des Nebels aus, klebte an Dinaz' Körper. Derselbe Geruch, den er vor einer Weile auch an Finias Körper gerochen hatte.

Elfenmagie. Er hätte ihren Gestank überall wahrgenommen…

81

„Finia!", rief Flake, schwang sich vom Pferd und ließ es stehen, wo es war, hetzte auf sie zu, das Schwert in Händen. „Finia, pass auf!"

Finia sah ihn fragend an, eine Hand an Dinaz' schuppigem Leib. „Was... Was ist denn los?", fragte sie. „Dinaz, was ist passiert? Wer hat Euch angegriffen?"

Dinaz knurrte. Er sah zu Flake auf und antwortete: „Ich habe Ausschau gehalten... aber... ich sah sie nicht... Sie schossen mich vom Himmel... und sie kommen... aus Jardio... Sie kommen... hierher!"

„Wer, sie?", wollte Finia drängelnd wissen.

Aber Flake wusste, wen der alte Drache meinte.

Nein, dachte er zitternd. Bitte, nein... Nicht jetzt! Nicht hier! Wir sind so weit gekommen... Wir dürfen noch nicht scheitern! Wie konnten sie uns so schnell einholen? Und wieso habe ich ihre Nähe nicht wahrgenommen?!

„Haben wir euch also endlich gefunden..."

Flake wirbelte herum. Wie aus dem Nichts nahmen zwei Männer vor ihnen Gestalt an, die Augen blitzten zufrieden unter den silbrigen Umhängen hervor. „Es hat auch lange genug gedauert", sagte der linke von ihnen.

„Das finde ich nicht", meinte Flake knurrend und hob sein Schwert. „Verschwindet oder sagt uns, was ihr wollt, Silberfüchse!"

Der zweite von ihnen lachte: „Das wisst Ihr doch genau, Ritter des Dämonenfürsten! Blanc Flake... Gebt uns das Mädchen heraus und wir lassen Euch vielleicht am Leben. Für heute."

Flake lachte ebenfalls und es klang vollkommen kalt. „Als ob ihr mich ziehen lasst", meinte er amüsiert. „So etwas wie Gnade kennt ihr nicht. Das weiß ich noch zu gut von meinem Vater!"

Ein Blitz schoss auf Flake zu, traf ihn wie ein Rammbock in die Schulter. Er ignorierte den Schmerz, der ihm bis in die

Fingerspitzen schoss, unterdrückte ein Keuchen. Neben ihm erhob sich Finia und trat vor den zitternden Dinaz, der die Silberfüchse anstarrte. „Ihr seid das", flüsterte sie, den Kopf gesenkt. „Ihr seid hier… Dann muss ich euch ja nicht mehr suchen…"

„Wieso wolltest du uns suchen, Mädchen?", fragte ein Silberfuchs. „Wir haben Euch gesucht."

„IHR HABT MEINEN ONKEL ERMORDET!", schrie Finia. „Dracos Iraney!"

„Ach, dieser Spitzel… Ja, stimmt!", sagte der andere und sah seinen Kameraden hämisch an. „Sagt, habe ich ihn vergiftet oder habt Ihr ihm mit einem Zauber den Garaus gemacht, Fitlyr? Ich erinnere mich nicht mehr…"

„Du Idiot!", schnauzte Fitlyr. „Ach, halt… Was soll's… Dann erinnern sie sich wenigstens im Seelenfluss an die Namen derer, die sie dorthin befördert haben. Willst du den Ritter oder das Mädchen, Niechor?"

„Nehme mir erst mal die Göre vor", antwortete Niechor und schlug die klobigen Hände zusammen. „Ihr Gefasel hat mich schon in diesem Elinas-Kaff genervt…"

„Dann kommt!", schrie Finia, zog ihr Schwert und stürmte auf die beiden zu.

Flake erstarrte. Er wollte sie noch packen, hatte den Saum ihres Mantels schon in der Hand, doch er konnte der enormen Kraft des Mädchens nicht standhalten. „TU DAS NICHT!", brüllte Flake ihr nach. „SIE WERDEN DICH -!"

Fitlyr zischte etwas, es knallte, Finia schrie und Flake sah ihren Körper, der merkwürdig langsam durch die Luft segelte. Sie schlug zu Boden, es knackte, Blut verfärbte das Gras am Rand der Straße rot.

Töten… Flake bekam das Wort nicht mehr über die Lippen, das er in der Vergangenheit so oft ausgesprochen hatte, voller Hass und Leidenschaft. Nun stand er da, konnte sich nicht bewegen. Er sah Finias Körper, der sich nicht mehr bewegte, das Blut floss weiter. „FINIA!", brüllte Flake. Er wollte zu ihr laufen, sie in die Arme nehmen. Er wollte schreien, das Schwert auf diese Bastarde schleudern und die Götter in ihrer ach so heilen Welt verfluchen –

Ein Schmerz flammte in ihm auf. Flake stöhnte, wusste nicht, woher er gekommen war, die grinsenden Silberfüchse verschwammen vor seinen Augen. Bevor Flake reagieren konnte, kauerte er am Boden, warmes, kribbelndes Blut sickerte unter seinem Hemd hervor. Vor ihm lag Kizumi im Dreck, das zarte, braune Haar verdeckte halb ihr rosiges Gesicht, die leblosen Augen.

„Ki…zumi?", hauchte Flake, blinzelte. „Nein… Finia!"

Das Lachen der Silberfüchse hallte umher. Sie schritten auf Finia zu und nahmen sie mit sich. „Viel Spaß im Seelenfluss, Schwächling", kicherten sie, ein letzter Blitz traf Flake am Kopf und sie verschwanden so spurlos, wie sie erschienen waren.

KAPITEL **14**: DIE BESTIMMUNG

Finia fiel, stürzte durch Dunkelheit, die sie völlig umhüllte. Sie hörte nichts, kein Rauschen, nur leise, gequälte Schreie in der Ferne.

Irgendwann tauchte ihr Körper in nasse Kälte ein, die sie einschloss. Finia wandte sich vor Schmerz, wollte schreien, ihre Stimme blieb stumm. Diese Schmerzen... Was würde sie dafür geben, ihr Ende zu beschwören... Dass sie verschwinden. Nie wiederkommen und diese Kälte mitnehmen...

Es war nicht zu ertragen. Finia schlug kräftig mit Armen und Beinen, stieß an die Wasseroberfläche. Ihre Füße sanken in warmen Schlamm, sie taumelte, das Wasser umspülte ihre Waden.

Benommen und japsend sah sich Finia um. Sie hörte Wasser tropfen, sah keine Wände um sich herum, keine Decke über sich. Niemand außer ihr war an diesem düsteren Ort, in der kleine Kristalle in allen erdenklichen Farben für ein schummriges Licht sorgten. Finia wusste nicht, wo sie war, sie kannte diesen Ort nicht.

„Flake?", rief sie, ihre Stimme hallte davon ins Leere. „Dinaz? Wo seid ihr?"

Niemand antwortete ihr.

Wo bin ich?, fragte sie sich verwirrt und stapfte durch das Wasser. Wo sind sie und... Was ist geschehen? Ich... bin losgestürmt... Das war ein Blitz und alles... verlor sich in dieser Dunkelheit... Bin ich... gestorben? Haben mich die Silberfüchse wie auch meinen Onkel ermordet?

„Ich will hier weg", nuschelte Finia. In dem Tümpel, durch den sie schlurfte, schwebten leuchtende Schatten um sie herum, die offenbar nicht durch die Oberfläche stoßen konnten. Ihre Gesichter waren bizarr, die Augen merkwürdig leer, als hätte das Wasser ihr Licht aufgesaugt.

Vereinzelt kamen sie auf Finia zu und packten ihre Beine mit knochigen Händen. Finia wich zurück, versuchte, sie abzuschütteln, er wurden immer mehr. Sie umkreisten sie, streckten unter Wasser ihre kalten Glieder aus...

„Genug! Fort von ihr!"

Sofort ließen die Schemen von Finia ab und schwebten still davon. Eine von ihnen blieb zurück, stieß aus dem Wasser hervor.

Finia blinzelte. Es war ein Mädchen, kaum sehr viel älter als sie selbst. Ihr langes, altes Gewand hing halb im Wasser und an ihrem Rücken trug sie ein altes, klappriges Skelett, dessen Kopf auf ihrem eigenen ruhte.

„W-wer bist du?", stotterte Finia.

„Wer bist du, wer bist du?", äffte das Skelett sie nach und wimmerte.

„Die Welt hat viele Namen für mich erfunden", sprach das Mädchen und ihre Stimme war so kalt wie das Wasser, ihr Atem so modrig wie die Luft an diesem Ort. „Kurzum: ich bin der Tod."

„Der Tod?"

„Der Tod?", wiederholte das Skelett.

Finia ignorierte es. „Wie kannst du der Tod sein?", fragte sie verwirrt. „Du bist doch kaum älter als ich!"

Der Tod schüttelte den Kopf und erwiderte: „Illusion, nichts als Illusion. Ich bin so alt wie die Welt und zählst du die Zeit hinzu, in der die Götter geboren wurden, bist du noch immer eine Unendlichkeit vom Tag meiner Geburt entfernt. Und doch bin ich jünger als du, da ich nie wirklich gelebt habe."

Finia runzelte die Stirn. Sie begriff es nicht. Sie begriff nicht, was der Tod ihr erzählte, nicht, wo sie war oder was hier vor sich ging. „Bin ich… tot?", fragte Finia und ihre Stimme zitterte.

„Ja", antwortete ihr das Skelett kichernd.

„Ja", wiederholte der Tod, zog eine lange Sense aus dem Wasser und deutete mit ihrer rostigen Klinge auf Finia. „Und nein. Diese Elfen haben dich getötet, aber deine Aufgabe ist noch nicht beendet, sie hat noch nicht einmal richtig begonnen! Ich werde dich zurückschicken."

„Was für eine Aufgabe?", rief Finia. „So erklärt es mir doch, bitte! Wieso das alles? Ich bin doch nur ein gewöhnliches Bauernmädchen…"

„Mit einem mächtigen Erbe in sich." Der Tod hob den Kopf. „Ich kann dir deine Fragen nicht beantworten, das ist nicht meine Aufgabe. Geh zurück und finde deine Antworten selber, du wirst sie finden!"

KAPITEL 15: HILFLOS UND ALLEIN

Flake keuchte vor Schmerz, sein ganzer Körper war taub. Er ließ die Augen geschlossen und fürchtete sich vor dem, was er vorfinden würde. Leere. Einsamkeit.

„Sir Flake?"

Er tat es, das Licht eines kümmerlichen Feuers blendete ihn fast. An seiner Seite kauerte Dinaz, hinter ihm tanzten die Schatten an den Wänden einer niedrigen Höhle. Es stank nach nassem Bärenfell und irgendwelchen Kräutern. Letzteres stach Flake in der Nase und er bemerkte einen Verband an seiner Schulter, der aus jenen Kräutern bestand. „Drache", krächzte Flake heiser. „Wo… ist sie? Wo ist Finia?"

„Fort", antwortete Dinaz schwer und stierte ins Feuer. „Die Silberfüchse haben sie mitgenommen… Ich habe sie noch kurz gespürt… In Jardio."

„Wir müssen hinterher", sagte Flake und wollte sich aufsetzen, das Fell juckte ihm an seinem nackten Rücken. Der Schmerz jedoch zwang ihn zurück auf den Boden, schoss ihm durch die Adern.

Dinaz schüttelte den Kopf. „Seid doch bitte vernünftig", ermahnte er ihn. „Ihr seid schwer verletzt. Ich habe Euch in diese Höhle gebracht und Ihr habt über einen Tag lang bewusstlos am Boden gelegen, mit Fieber. Die ganze Zeit habt Ihr wirr gesprochen und nach Finia geschrien. Selbst wenn wir sie finden! Wie wollt Ihr sie in Eurem Zustand retten?"

Flake schwieg zerknirscht. Dinaz stierte ins Feuer, das sich in den Gläsern seiner Brille spiegelte. Sein linker Flügel war ebenfalls mit einem Kräuterverband überzogen und lag schlapp am Boden.

Der Drache hatte Recht, Flake wusste es. Seine Hand fuhr an seinem Körper hinab und berührte einen weiteren Verband, spürte das Blut und ihm wurde erneut so schwarz vor Augen. Reiß dich zusammen!, rügte er sich. In seiner anderen Hand, die krampfhaft zur Faust geballt war, lag ein Stofffetzen. Von Finia. Von ihrem Mantel, als er sie noch aufhalten wollte.

„Finia", nuschelte Flake und ballte die Hand wieder. „Ich werde… dich finden!"

„Woher wollt Ihr überhaupt wissen, dass sie noch lebt?", wollte Dinaz verblüfft wissen.

„Ich weiß es einfach!", rief Flake stur. „Ich weiß es… Ich kenne sie schon ein paar Tage länger als Ihr… Sie ist hartnäckig… Ich werde sie den dreckigen Fingern dieser Bastarde entreißen!"

„Ihr sprecht noch immer wirr", meinte Dinaz und legte ihm eine seiner Klauen auf sie Stirn, sie war kalt und scharf. „Wenn Finia noch lebt, werde ich Euch helfen, sie zu befreien. Doch vorerst brauchen wir beide noch etwas Ruhe… Einverstanden?"

Flake grunzte. Er konnte schon fast sehen, wie ihm diese Wunde die Kraft entzog und das Fieber ihn schwächte. Zugleich fühlte er den Stofffetzen in der Faust, der seine Zuversicht stärkte, dass Finia doch noch am Leben war.

Er sah sie vor sich. Die Hilflosigkeit. Die Tatsache, nichts tun zu können, so sehr man es auch wollte. Das, was Flake neben den Menschen am meisten hasste…

Finia erwachte und fühlte sich, als hätte man sie begraben, japste vor Schmerz und schnappte nach Luft. Sie wollte sich strecken und aufstehen, ihre Glieder stießen gegen eisige Gitterstäbe, ein Käfig, der kein Schloss besaß.

Wo bin ich?, fragte sich Finia und lugte durch die Stäbe, sah sich in einem modrigen Steinraum um. Neben einer düsteren Treppe stand ein alter Tisch, an dem die beiden Silberfüchse saßen. Sie tuschelten leise miteinander und genossen ein Festmahl, das Finia das Wasser in den Mund trieb. Flake… Dinaz… Wo seid ihr?

„Oh!", sagte einer der Silberfüchse. Niechor. Finia erinnerte sich schwach. „Schau mal, die Göre ist wieder wach. Ich dachte, sie wäre tot?"

„Offenbar nicht", entgegnete Fitlyr.

Seine Blicke, die Finia musterten, waren leer und kalt. Ganz anders als die der Elfen, die auf dem Marktplatz von Lirna getanzt und gesungen hatten. Von ihm ging eine kribbelnde Welle der Magie aus, Finia spürte sie deutlich auf ihrem Gesicht.

Was ist geschehen? Finia wandte den Blick ab und musterte ihre zerschundenen Hände. War ich nicht tot? Ich erinnere mich nur verschwommen… Da war diese Kälte… Dunkelheit.

„Was habt ihr mit Dinaz und Flake gemacht?", fragte Finia, um ihre Verwirrung zu verbergen.

„Wir haben sie bestraft", fuhr Fitlyr lächelnd fort. „Der Drache ist kein Dämon, aber er hat ihnen geholfen. Vorerst haben wir ihn am Leben gelassen… Zur Warnung. Und… was diesen Dämonenritter angeht… Er hat dir sicher von dem erzählt, was unsere Gemeinschaft tut. Wir jagen Dämonen. Und töten sie…"

„NEIN!", schrie Finia, rüttelte an den Gitterstäben. „Nein, das… Das ist eine Lüge! Flake lebt! Er… Dämon?! Er… Flake ist kein… Dämon. Und ich auch nicht, warum habt ihr mich entführt!"

Ich dachte immer, es gäbe keine Dämonen, fügte sie in Gedanken hinzu. Onkel… Du hast mir so viel von ihnen erzählt… Von düsteren Kreaturen.

Die Silberfüchse sahen einander irritiert an. „Er hat geschwiegen?", flüsterte Niechor. „Er hat ihr nichts erzählt von ihnen, von dem Fürsten, von ihrem Erbe?"

Erbe? Der Tod… Finia erinnerte sich. Der Tod hatte etwas Ähnliches erzählt. Bevor dieses helle Licht kam, das sie aus ihrem kalten Schlaf geweckt und zurück in die harte Realität geholt hatte.

„Narr", meinte Fitlyr und trat auf Finia zu, streckte eine Hand zu ihr in den Käfig, berührte ihre Stirn. „Wir haben deinen Onkel getötet, weil er ebenso ein Narr war wie Blanc Flake. Er hat die Dämonen als Mensch unterstützt, ihnen wichtige Informationen aus allen Regionen besorgt.

Aber er wusste es nicht. Er wusste nicht, dass du die letzte Erbin der alten Dämonen bist. Er wusste nur, dass du die Erbin seines Bruders bist: Tronas Iraney. Der letzte König der Dämonen."

Die Informationen hagelten unerwartet auf Finia ein. Für sie klang es so unglaubwürdig, wie eine von Dracos' vielen Geschichten. Nun wusste sie von seinen Mördern, warum er sterben musste, aber für Finia klang es, als wäre es wirklich die Geschichte einer anderen Person.

Aber niemals die ihrige.

„Was wollt ihr von mir?", fragte Finia und ihre Stimme zitterte mehr als je zuvor in ihrem Leben. „Wenn ich angeblich das Kind… das Kind eines Dämonen bin… Warum habt ihr mich dann nicht schon eher getötet?"

„Wegen deinem Erbe", antwortete Fitlyr lachend, die Hand noch immer auf Finias Stirn. „Du hast eine Macht in dir, von der du noch nichts ahnst, aber jedes Volk auf Dawnarias Weltenscheibe wird sich um dich streiten, wenn sie erst einmal erwacht. Die Dämonen wollen dich als Tronas' erblichen Nachfolger und um alle anderen Völker zu unterjochen.

Wir Elfen nicht. Wir lieben die Natur und meiden für gewöhnlich den Kampf. Wir wollen dich, um die Dämonen zu vernichten und damit du unser aller Länder von ihrem Gift reinigst!"

„Glaubt ihr, ich sei so dumm?", sagte Finia, so kalt, dass sie dachte, jemand anderes nutze ihre Stimme. „Erst tötet ihr meinen Onkel, verfolgt mich, entführt mich und quält meine Freunde! Ich werde euch niemals helfen!"

Finia spürte ein Kochen in sich, vernahm ein leises Trommeln in den Ohren. Fitlyr stöhnte auf, wich zurück und hielt sich die Hand. Brandblasen überzogen die Haut, hatten ihm den Ärmel seines Gewandes versengt.

„Sie erwacht", sagte Niechor.

„Ja", gab Fitlyr zufrieden zu.

KAPITEL 16: MACHT HABEN, MACHT VERLIEREN

Augenblick zog sich Finia in die hinterste Ecke des Käfigs zurück, ihr Herz raste. Was war da gerade geschehen? Woher war dieses Trommeln gekommen, das nun wieder verstummte, woher das Licht, das Fitlyr die Hand verbrannt hatte? War sie das etwa gewesen?

Finia schüttelte den Kopf. Das konnte doch nicht sein… Oder doch? „Was habt ihr mit mir gemacht!", schrie sie die Silberfüchse an.

„Wir haben etwas an dir herumexperimentiert", gab Niechor zu, die Arme hämisch grinsend vor der Brust verschränkt. „Spürst du sie? Spürst du die Macht, wie sie dir durch die Adern pulsiert? Ich sehe es dir an… Kribbelnd, nicht wahr? Du spürst es bald nicht mehr. Du wirst dich schon noch an die Macht gewöhnen, an die Magie, denn von nun an ist sie ein fester Bestandteil in deinem Leben."

„Ich will das nicht", sagte Finia wimmernd. Sie umklammerte ihre Arme, das Pochen durchzog ihren ganzen Leib, verdrängte den Schmerz. Selbst ihren angeschwollenen Knöchel spürte sie nicht, der unter ihrem zerschlissenen Hosenbein hervorlugte. „Ich will diese Macht nicht!"

Fitlyr trat zurück vor den Käfig. „Wehr dich nicht", flüsterte er. „Es hat keinen Sinn mehr. Du bist eine Dämonin und sie besitzen nun einmal einzigartige Fähigkeiten. Hast du dich nie gefragt, warum deine Wunden so schnell verheilen? Das ist eine davon."

„Aber ich kann nicht damit umgehen!"

„Du wirst es lernen. Vermutlich sogar schneller, als dir lieb ist…"

Finia schluckte.

Sie erinnerte sich an die Nacht, in der sie und Flake im Sklavenwald von den Phantomen angegriffen wurden. An das Feuer, das Flake heraufbeschworen hatte. Konnte sie nun auch etwas so Unglaubliches und zugleich etwas so Beängstigendes beschwören?

„Du besitzt jetzt eine mächtige Waffe, Mädchen", sagte Fitlyr. „Es liegt bei dir, wofür du sie nutzt, aber nutze sie weise. Wer auch immer dir diese Macht geschenkt hat, denke daran, der kann sie dir auch wieder nehmen."

KAPITEL 17: VORBEI

Vom finsteren Nachthimmel erleuchtete der runde Mond den Wald, durch den Flake sein Pferd trieb. Sein Schatten tanzte vor ihm her durch das Dickicht, aber seinem Besitzer war gar nicht nach Bewegung zumute.

Seit Stunden, Tagen suchten sie nun schon die Gegend nach Finia ab, Dinaz vom Himmel aus und Flake auf der Erde. In diesem Wald im Land von Jardio war es still und der Gestank der Silberfüchse am stärksten. An jedem Baum, an jedem Busch klebte er, wo sie Kräuter und Beeren gesammelt hatten.

Flake war so müde. Seine Wunden waren bis auf die eine fast vollständig verheilt. Die letzte tat nichts dergleichen, schmerzte und schwächte Flake, der schwindelig aus dem Sattel glitt. An einem nahen Baum lehnend versuchte er, seinen vergifteten Körper zu beruhigen. „Finia", hauchte er.

Als ihn sein Herr, der Fürst, vor zwei Monaten losgeschickt hatte, hatte er sich alles so viel einfacher vorgestellt: nach Liriana reisen, Finia mitnehmen und sofort zurück. Dann wären sie schon vor einer Woche zurück gewesen.

Jetzt war alles anders gekommen. Was, wenn sie Finia töten? Flake hätte versagt und würde allein zurückkehren, zerschunden und am Ende seiner Kräfte, seiner Ehre beraubt. „Finia", wiederholte Flake leise und zog sein Pferd an den Zügeln hinter sich her. Er hatte diese Spes-Pferde nie leiden können. Teilweise waren sie Dämonen, erschaffen aus den gescheiterten Hoffnungen der Menschen, aus ihren misslungenen Träumen.

Flake musste über sich selbst lachen. Früher hielt er so etwas wie Hoffnung und Träume für törichte Hirngespinste. Nun musste er einsehen, dass die Hoffnung, Finia lebend zu finden, das einzige war, das ihn gegen das Fieber und die Schwäche ankämpfen ließ.

Was geschah bloß mit ihm? Er veränderte sich. Lag das an diesem Mädchen?

Zwischen den Bäumen erschien ein schwaches Licht und Flake entdeckte durch puren Zufall die kleine Höhle. Sie war unscheinbar wie Schneefall im Winter, von Laub und Dunkelheit fast verschlungen. Der Gestank der Silberfüchse klebte an ihr, das Licht von Fackeln drang aus ihrem Innern.

Nach wenigen Minuten, in denen Flake den Höhleneingang vom Schatten aus im Auge behielt, näherte sich Dinaz. „Was ist das für eine Höhle?", fragte er. „Ich habe sie vom Himmel gar nicht gesehen."

„Vermutlich haben sie sie mit Magie geschützt", murmelte Flake, ohne den Blick von den Felsen zu wenden. „Ich habe sie auch fast übersehen… Aber sie sind hier! Ich kann sie schon fast sehen!"

„Wartet hier", knurrte Dinaz und schlängelte sich durch das hohe Gras wie eine große Schlange. „Ich umkreise die Höhle und sehe mich ein wenig um."

Bevor Flake protestieren konnte, hatte ihn die Nacht bereits verschlungen.

Es gefiel ihm nicht, dass der Drache ihm Anweisungen erteilte. Andererseits musste Flake so etwas wie Dankbarkeit aufbringen. Immerhin hatte sich Dinaz um ihn und seine Verletzungen gekümmert und half mit, obwohl ihm das Fliegen mit seinem Flügel schwer fallen musste.

Wie so oft zuckte Flake bei diesen Gedanken vor Schmerz zusammen. Diese verfluchte Wunde… Womit hatten ihn diese Mistkerle bloß verhext?

„Sir Flake!"

Dinaz kam zurück und er sah nicht allzu glücklich aus. „In der Nähe der Höhle ist niemand", sagte er. „Und auch innerhalb konnte ich keine Aktivitäten wahrnehmen. Es scheint außer uns niemand hier zu sein."

Flake nickte grimmig, zog mühsam sein Schwert und entgegnete: „Gut, ich geh rein."

Der Drache konnte seine Entschlossenheit nicht daran hindern. Das Pferd zurück lassend, schlich Flake so lautlos es ihm möglich war auf den Höhleneingang zu.

Sofort wurde Flake wieder klar, warum er Höhlen hasste. Sie waren dunkel, rochen modrig und hinzu kam auch noch die Magie, die in der Luft lag. Fackeln hingen an den Wänden, die Decke war niedrig, uneben wie der Boden. Eine Treppe führte hinab, tiefer ins Herz der Höhle.

Direkt vor ihr lag ein zerknittertes Häuflein Stoff. Ein roter Haarschopf ergoss sich über den Boden, Arme und Beine waren starr vom Körper gestreckt. „Finia", hauchte Flake, ignorierte alles andere und hetzte auf sie zu, warf sich an ihrer Seite auf die Knie. „Finia! Finia!" Er beugte sich über sie und schlang die Arme um ihren zerbrechlichen Leib, an dem noch das Blut klebte. „Finia! Bitte, mach die Augen auf. Finia!"

„Wir müssen hier weg", zischte Dinaz, der an seine Seite kam. „Das stinkt doch geradezu nach einer Falle!"

„Finia!" Flake hörte ihn nicht, fuhr ihr über das kalte Gesicht. „Finia!"

Jemand rief Finia bei ihrem Namen und sie befürchtete, es könnten die Silberfüchse sein. Ein Experiment durchführen, um zu sehen, wozu sie mit ihrer neuen Macht imstande war. Zu ihrer Verwirrung blickte Finia in das erbleichte Gesicht von Flake, der sie behutsam in den Armen hielt. „Finia", sagte er heiser, an seiner Seite hockte der nervös dreinschauende Dinaz. „Daimon sei Dank... Du lebst!"

„F-Flake?", krächzte Finia. „Dinaz... Was, was macht ihr hier? Wie habt ihr mich gefunden?"

„Er ist ein Dämon. Er hat unsere Anwesenheit gewittert!"

An der Treppe hinter Finia tauchten die beiden Silberfüchse auf, die Gesichter vor Zorn verzogen. „Wie unhöflich", meinte

Fitlyr. „Einfach so hereinzuplatzen… Ich hätte nicht gedacht, dass Ihr noch lebt, Dämonenritter."

„Tja, ihr Bastarde hättet mich lieber nicht unterschätzen sollen!", feuerte Flake zurück und baute sich mit seinem Schwert schützend vor Finia und Dinaz auf. „Ihr hättet mich töten sollen, als ihr die Chance dazu hattet!"

Die Silberfüchse blieben unbeeindruckt und die drei Männer starrten einander an. „Ihr nennt euch selbst Märtyrer", fuhr Flake fort. „Es ist also egal, wenn ihr in Erfüllung eurer Pflicht den Tod findet. Bereit?"

Ohne zu warten, stürmte Flake zuerst auf Niechor zu, der sein eigenes Schwert nicht schnell genug heben konnte. Flakes Schwert durchbohrte seinen Leib, das Blut spritzte an die kahlen Höhlenwände und über den Boden. Leblos sank der erste Silberfuchs tot vor Flakes Füßen zusammen und er wandte sich an den anderen. „Niechor war schwach", sagte Fitlyr, seine Hände erstrahlten in diesem Licht, mit dem er Finia an der Wegkreuzung ausgeschaltet hatte. „Ich muss dir danken. So werde ich den ganzen Ruhm für deinen Tod erhalten. Mein Herr wird sehr zufrieden sein… Vor allem, wenn ich ihm auch noch das Mädchen bringe!"

Drohend hob Flake sein Schwert, an dem Niechors Blut klebte, und hielt es zwischen Fitlyr und Finia. „Von mir aus hättest du jeden anderen töten können", meinte Flake. „Dass du mich gewählt hast, war dein Todesurteil!"

„Deines ebenso", feuerte Fitlyr zurück, der allmählich die Geduld verlor. „Sie schmerzt, oder? Keiner von uns wird dir helfen… Es hat mich schon arg gewundert, dass du es überhaupt bis hierher geschafft hast. Und lebst! Das ist beachtlich…"

„Schwafel nicht!", knurrte Flake.

Was schmerzt?, fragte sich Finia, Blitze schossen quer durch die Höhle, Stahl blitzte in ihrem Licht. Was ist passiert, nachdem mich Fitlyr angegriffen hatte?

Sie bemerkte deutlich die starke Blässe auf Flakes Gesicht und jedes Mal, wenn ihn der Kampf in die Nähe von Finia und dem stummen Dinaz trieb, ging eine fiebrige Hitze von ihm aus.

„Ihr werdet nicht mehr lange genug Zeit haben, Euren Triumph zu genießen", japste Fitlyr und riss Finia aus ihren Gedanken. Blutend kniete er vor Flake, dessen Augen völlig kalt waren. „Es wird andere nach uns geben. Viele. Ihr kennt unsere Gemeinschaft, aber nicht ihre Anzahl!"

„Quassle doch im Tod weiter", sagte Flake und holte mit seinem Schwert aus.

Finia wandte sich ab, ein dumpfes Geräusch erfüllte die Höhle für ein paar Sekunden.

Langsam kam Flake auf sie zu, schob sein Schwert zurück in die Scheide, und hob Finia mühelos auf seine Arme. „Wir sollten von hier verschwinden", meinte Dinaz und wuselte ihnen voraus aus der Höhle.

Ganz in der Nähe stand Flakes Pferd. Er hievte Finia in den Sattel, schwang sich hinter sie und gab dem Tier die Sporen. Finia sah sich noch einmal um und konnte gerade noch die blutverschmierten Umhänge der Silberfüchse erkennen, bis die Dunkelheit der Höhle sie verschluckte.

KAPITEL 18: SICHERE GRENZEN

Sie ritten die ganze Nacht, in der Finia keinen Schlaf finden konnte. Mit leerem Blick saß sie dicht an Flake gelehnt, der sein Pferd zu immer größerer Geschwindigkeit antrieb. Einige Meter über ihnen flog Dinaz, der mit seiner Verletzung Schwierigkeiten bekam, mitzuhalten.

Erst als es heller wurde, bemerkte Finia in ihrer Erschöpfung die nahen Bergwände, in deren Tälern die Straße weiter verlief. Schwarz und schroff ragen sie in den grauen Himmel, Regenschleier und Nebelschwaden umspielten ihre Gipfel.

Finia erinnerte sich an einen ihrer zahlreichen Ausflüge mit Iro in das Hügelland nördlich von Elinas. Auf den höchsten Kuppeln hatten sie die Berge an klaren Tagen sehen können. Sie schienen so weit entfernt. Finia hatte es stets für unmöglich gehalten, ihnen je so nahe zu kommen wie jetzt.

„Wir haben es geschafft", murmelte Flake und ließ sein Pferd langsamer traben. „Oldayr… Endlich…"

„Endlich", wiederholte Finia und seufzte erleichtert. Zugleich wusste sie nicht, warum.

Flake hingegen schwieg. Wie in Zeitlupe spürte Finia an ihrem Rücken, dass Flake zur Seite kippte. Dumpf schlug sein Körper im Staub der Straße auf, wo er regungslos liegen blieb, Finia erstarrte. „F-Flake!?", schrie Finia und schwang sich unbeholfen aus dem Sattel, das Pferd blieb augenblicklich stehen. „Flake! Flake, was habt Ihr? Flake!"

„Finia?" Dinaz kam vom Himmel herab und landete bei ihnen. Flake unter ihrer zitternden Hand rührte sich nicht. „Was ist denn los? Was ist mit Sir Flake?"

„I-Ich weiß es nicht!", stammelte Finia. „Er… Er ist einfach plötzlich aus dem Sattel gefallen… Flake!"

„Lasst… mich… zurück…", japste Flake und schloss die Augen.

„Flake!"

„Das gefällt mir nicht", murmelte Dinaz. Er legte Flake eine seiner Klauen auf die Stirn, grunzte und runzelte seine eigene.

„Er hat Fieber. Es ist verdammt hoch… Bei den Vätern meiner Väter, wie konnte er überhaupt reiten? Zum Glück ist er ein Dämon des Feuers, er kann es vielleicht besser vertragen… Jeder normale Mensch wäre längst tot."

„Was sollen wir machen?", fragte Finia, die deutlich die Hitze bis auf ihr eigenes Gesicht spürte. „So können wir doch nicht weiter reiten und bis nach Olday-Lum schaffen wir es so nicht!"

Dinaz hob den Kopf. „Nicht weit von hier ist ein kleiner See", sagte er. „An seinem Ufer stehen Bäume, die uns genug Schutz für ein Lager bieten könnten."

Finia nickte. Gemeinsam zogen sie den bewusstlosen Flake zurück auf sein Pferd, verließen die Straße und hielten auf ein winziges Baumgrüppchen zu, das fast völlig kahl war. Das Geäst der Bäume verzweigte sich ineinander wie knorrige, gefaltete Hände, trockenes Laub raschelte unter Finias Füßen.

Das Lager wurde klein und unscheinbar mit einem Feuerchen in der Mitte. Finia wusste nicht mehr, woher sie die Kraft nahm, Flake vom Pferd zu zerren, ihn in ein paar Decken zu betten, zum See in der Nähe zu gehen und Wasser zu holen. „Ihr müsst Euch ausruhen", meinte Dinaz, der am Feuer wachte. „Die Silberfüchse haben Euch schwer geschadet. Schlaft ein wenig, ich achte auf Sir Flake."

Finia konnte ein Gähnen nicht unterdrücken. Müde sah sie auf Flake hinab und legte ihm ein nasses Tuch auf seine brennende Stirn. Er zitterte unter ihrer Hand, lag krampfhaft da und atmete, als läge ihm ein Baumstamm auf der Brust. „Wir müssen uns beeilen", sagte Finia leise. „Wir müssen ihn irgendwie nach Olday-Lum schaffen. Dort kann man ihm bestimmt helfen…"

Flake erwachte und dachte zuerst, die Flammen hätten seinen Kopf in Brand gesteckt. Seine Stirn glühte, die Hitze pulsierte kochend durch seine Adern. Man hatte ihm eine Decke umgelegt, die er zurückschlagen wollte, seine Arme waren wie gelähmt und er selbst war zu schwach.

Eine ganze Weile blieb Flake regungslos liegen, lange Grashalme kitzelten seine Wange. Zum ersten Mal musste er warten, dass sich seine Kräfte sammelten und er sich aufsetzen konnte. Sein Atem ging ihm schwer und das Herz stach ihn in der Brust wie eine Dornenranke.

Dicht an seiner Seite bemerkte er Finia. Sie schlief tief und fest unter Dinaz' gesundem, ausgestrecktem Flügel. Deutlich konnte Flake die Erschöpfung auf ihrem noch jungen Gesicht sehen und fragte sich, warum sie über ihn wachte.

Schwindelig erhob er sich und taumelte um das fast erloschene Lagerfeuer herum. Die Glut knisterte und zwischen den nahen Bäumen waberte der Nebel der Morgendämmerung auf. Alles war noch still und die Welt lag wie im Schlaf.

Der Nebel zog Flake magisch an und er stolperte los, streifte durch den Wald, Stunden, vielleicht auch nur für Sekunden, die quälend an Flake vorbeizogen. Die Beine wurden ihm mit jedem Schritt schwerer, die Füße taub vom kalten Tau, der auf den Gräsern lag.

Ein ruhiger See tauchte zwischen den Bäumen auf. Flake trat wie betrunken an sein Ufer. In Wölkchen waberte der Nebel über die Wasseroberfläche, war so dicht, dass das andere Ufer nicht zu sehen war. „Flake!", rief die ferne Stimme einer Frau.

„Kizumi?", krächzte Flake. „Kizumi! Wo bist du?"

„Ich bin hier", antwortete die Stimme aus dem Nebel und der Schatten seiner Geliebten tauchte im See auf. „Ich bin immer hier, Flake. Bei dir."

„Kizumi." Flake lächelte. „Ich wusste es… Ich wusste, dass ich dich wieder sehe… Ich wusste es! Ich habe es den anderen nie geglaubt, dass sie meinten, du seiest tot und hättest mich für immer verlassen…"

„Flake, ich bin tot", fuhr sie ihm sanft dazwischen. „Du weißt es… Mach es dir nicht noch schwerer. Du musst mich gehen lassen. Du musst deinen Auftrag erfüllen und Finia zu Ray bringen. Deine Träume halten dich nur davon ab."

Flake erstarrte. Wütend riss er sich die Kleider vom Leib und trat mit den nackten Füßen ins eisige Wasser, brüllte: „Ich will es nicht! Kizumi, ich will dich nicht verlieren! Bitte, lass uns wieder zusammen sein, ich… Ich ertrage es nicht!"

Kizumi schüttelte den Kopf. „Flake", sagte sie. „Wir sind nicht unsterblich und unsere Leben werden verblassen wie der Nebel an diesem Morgen." Flake ignorierte ihn, der ihm die nackten Waden umspielte. „Finia braucht dich jetzt."

„Aber… Kizumi…"

„Flake!"

Kapitel 19: Die Waldläuferin

Flake!", schrie Finia und hastete auf Flake zu, dicht gefolgt von dem verschlafenen Dinaz. Flake schien ihre Stimme kaum zu hören. Völlig entblößt stand er bis zu den Knien im Wasser.

Er zitterte am ganzen Leib und sein Blick war merkwürdig glasig. „Finia", murmelte er undeutlich, taumelte.

Hastig lief Finia ins Wasser, das ihr ins Gesicht spritzte, und fing Flake auf, er drückte sie fast mit sich unter die Oberfläche. Finia fröstelte, legte sich seinen Arm um den Hals und zerrte ihn zurück ans trockene Ufer, wo seine Gewänder im Gras verstreut waren.

Aus den Augenwinkeln bemerkte Finia eine Frau im Nebel mit beschupptem Gesicht. Sie fauchte Finia an, stieß einen schrillen Laut aus und stieß sich von ihrem Felsen zurück in die Tiefen des Sees. „Eine Sirene!", murmelte Dinaz verächtlich.

Finia ignorierte das Wesen oder was es auch war. Besorgt beugte sie sich über Flake, dessen Körper eiskalt war. „Flake", sagte sie. „Oh, nein, warum seid Ihr denn nicht liegen geblieben?"

„Ich… konnte nicht", hauchte er, seine Stimme war heiser und zitterte wie ihr Herr selbst. „Sie hat mich gerufen… Kizumi hat mich gerufen…"

„Das war eine Sirene", wiederholte Dinaz mit Nachdruck. „In Eurem Fieber ist es kein Wunder, dass Ihr auf ihre Stimme herein gefallen seid. Sie hatte leichtes Spiel mit Euch… Ihr seid ein Feuerdämon! Ihr könnt nicht schwimmen, oder irre ich mich? Ihr habt Finia Euer armseliges Leben zu verdanken!"

„Wir sind quitt", meinte Finia kühl und lächelte auf Flake hinab. „Immerhin habt Ihr mich ja auch vor den Silberfüchsen gerettet."

„Ich… habe dir… deine Rache genommen", nuschelte Flake.

Finia schüttelte den Kopf. „Die beiden, die Ihr getötet habt, hatten auch nur einen Auftrag zu erfüllen. Ich werde ihren Herrn suchen und den dafür irgendwann zur Rechenschaft ziehen!"

Gemeinsam schafften sie Flake zurück zum Lager. Finia half ihm, in seine Sachen zu steigen und sich am Feuer niederzulegen, deckte ihn zu. „Es tut mir leid", flüsterte er erschöpft. „Es tut mir leid, dass ich nicht eher gekommen bin, um dich aus ihren dreckigen Fingern zu befreien…"

„Ihr habt mich befreit", sagte Finia leise und legte ihm ein nasses Tuch auf die glühende Stirn. „Ihr habt mir das Leben gerettet. Ruht Euch jetzt aus, damit wir bald weiterreisen können."

Flake schüttelte den Kopf. „Nein", erwiderte er. „Nein, ihr… Müsst mich zurücklassen… Geht!"

„Er redet wirr", meinte Dinaz, der am Feuer wachte. „Lasst ihn schlafen, Finia. Er muss sich ausruhen, sonst sinkt sein Fieber nie und die Wunde reißt weiter auf."

Finia wandte sich ab. Sie hatte die Wunde gerade gesehen, die Flakes Hüfte zierte. Eine grässliche, breite Wunde, die von keinem Schwert hätte verursacht werden können. Und nur die Elfen konnten sie verschließen?

„So hört doch!", flehte Flake und zum ersten Mal sorgte das Fieber dafür, dass er verzweifelt klang, seine kalte Hand fasste Finias. „Geht! Ohne mich… Lasst mich… zurück. Dinaz! Ich würde Euch nie um etwas bitten, aber… bringt sie zum Wall von Taymath! Auf der anderen Seite warten einige Freunde von mir, die sie zu Ray bringen, meinem Herrn…"

Mit diesen Worten schloss Flake die Augen und fiel erschöpft in sich zusammen. „Dinaz", sagte Finia und wandte sich an den grübelnden Drachen. „Wer ist Ray?"

Der Drache knurrte. „Ich hielt diesen Mann stets für eine Legenden", murmelte er. „Ein Hirngespinst! D. Erase Ray… Ein edler Mann. Er ist… Nun, so etwas wie der Prinz der Dämonen. Ich selbst kenne ihn nicht und nur Geschichte und die Lieder der ᚷarden erzählen überhaupt von seiner Existenz."

Zu ihm will Flake mich bringen?, schoss es Finia durch den Kopf.

105

Finia hatte den ganzen Tag Zeit, über diesen Prinzen nachzudenken. Ganz in der Nähe machte sie sich daran, möglichst lange, stabile Äste von den Bäumen zu brechen und auf einem Haufen zu lagern. „Was habt Ihr vor?", wollte Dinaz wissen, der während Flakes ruhigem Schlaf zu ihr wuselte.

„Nach was sieht es denn aus?", murmelte Finia, riss eine dicke Efeuranke vom Boden und zurrte mit ihr einige Äste zusammen. „Ich baue eine Trage, mit der wir Flake vielleicht bis nach Olday-Lum schaffen können."

„Ihr gebt ihn nicht auf", stellte Dinaz lächelnd fest.

„Nein", gab Finia zu, ihre Hände waren schon ganz zerkratzt von den rauen Rinden und stanken nach Efeu. „Er hat mir geholfen und nun will ich ihm helfen!"

Vor ein paar Wochen, als sie Flake kennengelernt hatte, hätte Finia wohl anders gehandelt, sein Pferd genommen und wäre wieder im stillen Elinas verschwunden. Mit Sicherheit sogar! Ihr wäre sein Leben egal gewesen, immerhin hatte er sie entführt, grundlos aus ihrer Heimat verschleppt.

Allmählich löste sich der Schleier und Finia erkannte, dass sich vieles nicht mehr grundlos im Dunkeln verbarg. Sie hatte so vieles erfahren, so vieles entdeckt, was sie vorher nicht kannte, auch an sich selbst. Diese Macht, die ihr bewies, dass sie in etwa wie Flake war. Eine Dämonin. Hätte man ihr so etwas Unglaubwürdiges vor zwei Monaten an den Kopf geworfen, sie hätte demjenigen kein Wort geglaubt.

Seufzend zurrte Finia den letzten Ast fest und legte die Trage mit langen Farnblättern aus. Es war bereits spät nach Mittag und es hatte angefangen zu regnen. Dichte Schleier zogen über das Land, graue Wolkenfronten verdeckten den Himmel. Mit Dinaz' Hilfe machte Finia die Trage am Sattel von Flakes Pferd fest und verfrachtete seinen Herrn auf die Blätter. Finia fühlte ihm die Stirn, deckte ihn zu und runzelte ihre eigene. Das Fieber wollte einfach nicht sinken und Flake murmelte undeutlich vor sich hin, reagierte auch nicht auf Finias Stimme. „Wir sollten aufbrechen", nuschelte Finia, richtete sich auf und stieg in den Sattel. „Vielleicht sind wir sogar schon morgen früh in der Stadt, wenn wir uns beeilen…"

„Ihr hört Euch schon an wie Sir Flake", stellte Dinaz fest.

Finia ignorierte seine Worte, obwohl sie sie verwirrten.

Sie kehrten auf die Straße zurück und folgten ihr wieder nach Norden. Es war so verlassen in dieser Gegend und der Wald wurde dichter, verbarg die Sicht auf die monströsen Berge. Gerade vor ragten drei von ihnen in den tristen Himmel, unscharf hinter dichtem Regenfall. „Das sind die Grauen Riesen", erklärte Dinaz, der neben Finia und dem Pferd her wuselte, seine Schuppen glänzten dumpf vom Regenwasser. „Zwischen ihnen liegt Olday-Lum. Wir sind fast da!"

Die Stadt war noch weiter entfernt, als es schien. Langsam kroch die Dunkelheit die Straße hinab, bis Finia deren Rand nicht mehr erkennen konnte. Eulen schrien in den nahen Bäumen, die in Regenböen bedrohlich knarrten.

Hör doch auf, lieber Regen!, flehte Finia zum Himmel, ihre Haare und Kleider trieften vom Wasser. Wir müssen uns beeilen. Flake! Sie spähte über die Schulter zu Flake hinab, der zitternd auf der Trage lag und jemanden in wirren Worten anzuflehen schien. Wir brauchen Hilfe… Flake, halt bitte durch… Du musst durchhalten!

In der Düsternis vor ihnen tauchte eine junge Frau auf. Nicht weit weg von der Straße saß sie an einen Baum gelehnt im Gras und schien zu schlafen. Sie war schlank und ihre Gewänder bestanden aus Tierfellen. Die Hufe von Flakes Pferd knirschten im Kies der Straße und die junge Frau schreckte hoch, richtete ihren Speer auf Finia und Dinaz. „Halt!", rief sie streng. „Wer seid ihr und was treibt ihr hier draußen? Hier ist es gefährlich für Reisende, Wölfe lauern in den Wäldern und…

Flake?!"

107

Augenblicklich ließ die Fremde ihren Speer sinken und huschte an Flakes Seite, ehe Finia den Mund aufmachen konnte. „Bei Daimon und Dei… Was ist geschehen?", fragte sie. „Flake! Was habt ihr mit ihm gemacht, sprecht gefälligst oder ich hänge euch an dem nächsten Baum auf!"

„Beruhigt Euch doch, meine Herrin!", flehte Finia erschöpft. „Bitte, wir begleiten Flake. Mein Name ist Finia Iraney und das hier ist unser Begleiter, Soi-Jobei Dinaz."

„Iraney?" Die Fremde atmete erleichtert auf und grinste verlegen. „Verzeiht meine Schroffheit. Ich bin Kea Flor und so etwas wie eine Jugendfreundin von Flake… Kommt, meine Hütte steht nicht weit von hier im Wald."

Die Frau namens Kea ging ihnen voraus durch das Dickicht und Finia fiel gleich auf, mit welch einer Leichtigkeit sie über den sumpfigen Waldboden tänzelte. „Jetzt sagt aber, was ist mit Flake?", fragte sie. „Von ihm geht so eine fiebrige Hitze aus…"

„Die Silberfüchse haben uns überfallen", erklärte Finia knapp. „An der Grenze von Jardio. Sie haben Flake angegriffen und offenbar vergiftet."

„Natürlich, die Silberfüchse…" Kea seufzte. „Ich hätte es wissen müssen! Ihr Gestank klebt so sehr an euch, dass ich euch erst für diese Elfen hielt… Da ist meine Hütte!"

Vor ihnen tauchte eine Art kleine Holzfällerhütte zwischen den Bäumen auf, schwaches Licht flutete unter ihrer Tür hervor. Sie banden das Pferd an einem nahen Baum fest und schafften Flake nach drinnen in die Wärme. Tierfelle zierten die Wände, die Stühle, den Boden. Selbst das Bett war mit einem Schafsfell ausgestattet, auf das sie Flake legten, auf einem kleinen Kamin thronte das Geweih eines Hirsches.

„Ihr seid offenbar eine Waldläuferin, oder?", erkundigte sich Dinaz und sie machten es sich gemeinsam vor dem Feuer bequem. „Oder aber eine begabte Jägerin."

„Vielleicht von beidem ein wenig", meinte Kea und reichte den beiden die Überbleibsel einer Gemüsesuppe. „So, hier, esst. Ihr seht erschöpft aus und könnt ruhig über Nacht hier bleiben. Bis zur Stadt ist es zwar nicht mehr weit, aber diese misstrauischen Zwerge lassen einen um diese Zeit nicht mehr hinein."

„Aber wir müssen in die Stadt und zwar schnell!", rief Finia und leerte ihren Teller in einem Zug. Seit Tagen hatte sie nichts Vernünftiges mehr gegessen. „Wir müssen einen der Silberfüchse finden, damit sie Flake helfen."

„Und Ihr glaubt, die würden Euch helfen?" Kea setzte sich zu ihnen und warf dem schlafenden Flake einen sorgenvollen Blick zu. „Es sei denn... Ihr braucht nicht unbedingt einen von diesen Schmarotzern... Was Ihr für Flake braucht, ist Zoeil-Drons Blut."

KAPITEL 20: DAS BLUT VON ZOEIL-DRON

Das... was?", fragte Finia verständnislos und wurde bleich. „B-Blut?!"

Finia mochte den Anblick von Blut eigentlich nicht besonders und in letzter Zeit hatte sie es öfter sehen, fühlen und schmecken müssen, als ihr lieb war.

„Das ist kein echtes Blut", erklärte Kea lachend. „Nein, es ist eine magische Tinktur der Elfen. Sehr selten. Leider auch sehr teuer… Sie haben es vor Jahren entwickelt und ihrem schlafenden König, Zoeil-Dron, gewidmet. Seinen Namen wirst du noch öfter hören: er war es, der uns Dämonen damals den Krieg erklärte und den Wall von Taymath bauen ließ."

„Ich habe schon viel von diesem Wundermittel gehört", murmelte Dinaz geistesabwesend und rollte sich gähnend vor dem Kamin zusammen. „Es ist das einzige, das gegen die Flüche und Hexereien der Elfen hilft. Aber… Wie sollen wir daran kommen? Wie Ihr sagt, Madam, ist es sehr kostspielig."

Kea grinste geheimnistuerisch und erwiderte: „Sagen wir, ich lebe hier nicht erst seit gestern. Ich habe durchaus meine Kontakte in der Stadt. Es gibt da einen Händler, sein Name ist Orthego und er besitzt so manch seltenes Zeugs. Wir können ihm ja morgen mal einen Besuch abstatten. Er schuldet mir ohnehin noch ein kleines Sümmchen Gold…"

Mit diesen Worten beendeten sie ihr Gespräch. Kea reichte Finia ein paar Felle für die Nacht und zog sich in ein kleines Nebenzimmer zurück. Kaum dass Finia lag und Dinaz' schläfriges Knurren hörte, fielen ihr schon vor Erschöpfung die Augen zu.

Am nächsten Morgen erwachte Finia dicht an Flakes Bett. Sie fror und entdeckte durch das Fenster die Eiszapfen am Dach der Hütte. Es hatte wieder gefroren.

Noch halb im Schlaf und frierend vor Kälte kroch Finia zum Kamin, warf einige Holzscheite auf die noch glühenden Kohlen und wartete, dass erste Flammen schlugen. Die Wärme auf Finias Gesicht tat ihr gut, seufzend zog sie sich das Fell enger um die Schultern.

Es war das erste Mal seit Tagen, dass Finia die Ruhe um sich herum genießen konnte. Die anderen in der Hütte schliefen noch und störten diese Ruhe nicht. Zum ersten Mal hatte Finia die Gelegenheit, in dieser Ruhe für sich allein in ihren Gedanken abzuschweifen. Seit fast einem Monat war sie nun schon fort aus Elinas. Sie kam selten dazu, an das Dorf und seine Bewohner zu denken. Wie es ihnen wohl ging? Was machte Clay? Was war mit Iro?

Finia starrte in die Flammen, die grell vor ihr her tanzten. Sie hatte Iro in Lirna gesehen. Nur… warum hatte Flake nicht gewollt, dass er sie fand?

Ein raschelndes Geräusch hinter ihr ließ Finia erschrocken herumfahren. Flake starrte aus glasigen Augen zu ihr herüber, das Gesicht so farblos wie Pergament. „Finia", hauchte er. „Wo bin ich?"

„Ihr seid in Sicherheit", antwortete Finia und kroch an seine Seite. „Ihr könnt Euch hier ausruhen."

Flake sah sie nur an mit einem Ausdruck im Gesicht, als könne er sie gar nicht verstehen. „Wasser", nuschelte er. „Bitte…"

„Moment!" Suchend sah sich Finia in der Hütte um. Auf einem Tisch stand ein Krug mit Wasser, den sie Flake brachte, und ihm den Hals zum Trinken reichte. „Hier ist etwas…"

Flake leerte den Krug fast bis zur Hälfte und fiel zurück in die Kissen, schloss die Augen wieder. Seine Hand fuhr zitternd seinen Körper hinab, legte sich auf die Wunde. Er stöhnte vor Schmerz, verzog das Gesicht.

„Flake", flüsterte Finia und legte ihre Hand auf seine, die ganz kalt war. „Haltet noch etwas durch… Ich reite nach Olday-Lum und werde nicht eher zurückkehren, bis ich dieses Mittel für Euch besorgt habe!"

Er rührte sich nicht. Finia erhob sich nervös, stellte den Krug ab. In ihren Kleidern stieg sie über den schlafenden Dinaz zur Tür und huschte hinaus. Draußen war es bitterkalt, die

111

Pfützen der letzten Nacht gefroren und die fast kahlen Äste der Bäume glitzerten vom Eis.

Zwischen den Bäumen stand still Flakes Pferd. Finia ging auf es zu und es starrte ihr ausdruckslos entgegen. Sie machte es los, kletterte auf seinen Rücken und trieb es, die Zügel in der Hand, durch den Wald. Bitte, flehte sie im Stillen. Bitte, bring mich schnell nach Olday-Lum! Lauf bitte so schnell du kannst! Sogleich bäumte sich das Tier wiehernd auf und preschte nach Norden davon, als hätte es Finias Gedanken gehört. Es war so schnell, schneller als jedes andere Pferd, auf dem Finia je gesessen hatte. Es schien den Weg besser zu kennen als seine Reiterin, seine Hufe donnerten auf dem gefrorenen, harten Boden und die Straße entlang.

Es dauerte nicht lange, bis hohe, dicke Steinmauern vor ihnen auftauchten, die zwei der Grauen Riesen miteinander verbanden. Bunte Banner wehten an ihren Zinnen, ein massives Tor war der einzige Eingang in die Stadt, die sich hinter ihm erstrecken musste.

Ein paar Soldaten patrouillierten am Tor, doch sahen sie anders aus als die Soldaten in Lirna. Es waren kleine, rundliche Männer mit Bärten, die ihre Gesichter überwucherten wie Moos den Waldboden. Sie alle waren kleiner als Finia und trugen bedrohlich aussehende Streitäxte in ihren pummeligen Händen.

Wortlos ließen sie Finia passieren, wichen zurück vor ihrem Pferd, das mühelos über die Zwerge hinweg sprang.

Obwohl Finia noch nie in der Stadt der Zwerge gewesen war, hatte sie keine Augen für deren Bauten und Bewohner, den fremden Gerüchen und schmalen Gassen. Sie folgte der Straße und ihren Kopf umgab nur der Gedanke, diesen Orthego zu finden.

Der Marktplatz lag zentral und in seiner Mitte erhob sich eine Marmorsäule in den Himmel, die einen steinernen Zwerg auf ihrem Haupt trug. Um sie herum hatten die Händler ihre

Stände aufgebaut, feilschten, brüllten und verkauften ihre Waren an die Zwergenbewohner. Die hatten meist nur Augen für Schmuck und Edelsteine und die Werkzeuge, die sie im Bergbau brauchten.

Mitten im Gewusel stieg Finia vom Pferd und zog es an den Zügeln hinter sich her, fragte alle möglichen Leute nach Orthego. „Dieser lausige Dieb?", sagte ein reicher Kaufmann, der ein Monokel trug. „Er hat seinen kümmerlichen Stand im Nordwesten des Platzes. Aber hütet Euch, Melady: seine Spezialität ist es eher, den Leuten das Geld aus der Tasche zu ziehen, als seinen Müll zu verkaufen!"

„Danke für die Warnung", sagte Finia höflich und machte sich in jene Richtung auf den Weg.

Die Gegend musste die Grenze zu einem Armenviertel sein, denn die Häuser wurden kleiner, schäbiger und standen eng aneinander geschachtelt. Vor einem der heruntergekommenen Sorte stand ein Mann hinter einem Holzkarren. Sein Haar war strähnig und seine Gewänder trugen mehr Flicken, als Finia zählen konnte. „Hallo", sagte Finia und trat an seinen Karren heran. „Ich suche einen Mann namens Orthego."

„Nun, Ihr habt ihn gefunden, junge Gebieterin", antwortete er schleimig. „Orthego aus den Wüsten Jardios, stets zu Diensten. Doch was treibt Euch zu mir? Ich führe keine Waffen und auch sonst nichts Brauchbares für ein Kriegerherz."

„Und ich suche nichts dergleichen." Finia beugte sich vor, damit ein paar nahe Passanten nicht lauschen konnten. „Im Gegenteil. Ich suche etwas Seltenes und man hat mir gesagt, Ihr würdet so etwas besitzen."

„Was soll das sein?", fragte Orthego irritiert. „Ich bin ein armer Händler… Für seltene Waren fehlen mir die Mittel und das nötige Kleingeld… Was soll denn dieses Seltene sein, Herrin der Verwirrung?"

„Das Blut von Zoeil-Dron."

Der Händler machte einen überraschten Schritt zurück. „Ihr beliebt zu scherzen, Meisterin der Überraschungen", meinte er. „So etwas besitze ich nun wirklich nicht! Aber sagt, wer setzt solch einen Unsinn in die Welt, ich würde Elfenblut zapfen wie Bier vom Fass?"

„Ihr kennt sie", sagte Finia. „Ihr Name ist Kea Flor."

„Die Waldläuferin, soso." Orthego grummelte etwas Unverständliches in sein stoppeliges Kinn. „Soso… Trotzdem, ich besitze keines mehr und besaß auch nie welches. Sie hat sich wohl einen üblen Streich mit Euch gegönnt…"

Allmählich wurde Finia ungeduldig, was bei ihr nur selten der Fall war. „Ich traue Kea mehr als Euch", zischte sie, „Ihr, der Ihr als Dieb bei den anderen Händler bekannt seid! Kea hilft einem Begleiter von mir und dadurch hat sie mein Vertrauen erlangt. Für ihn brauche ich das Blut. Ich gebe Euch dafür alles, was ich bei mir habe!"

Um ihren Worten Nachdruck zu verleihen, zog Finia mit der freien Hand den Goldbeutel aus der Tasche und warf ihn Orthego vor die Nase. Es war der Rest ihrer Einkäufe in Lirna und der Beutel war trotzdem noch prall und rund.

„Ich glaube, Ihr versteht mich nicht, Herrin der Einfältigkeit", grummelte Orthego, den Blick auf den Beutel geheftet vor Gier. „Das, was Ihr von mir verlangt, besorge ich mit Einsatz meines Lebens! Kein Gold der Welt kann mir diesen Preis bezahlen."

„Nicht einmal ein Tritt in deinen Hintern?"

Finia wirbelte herum. Zu ihrer Verblüffung stand Hawk vor ihr, breit grinsend und seinen Falken auf der Schulter. „Hey Finia", begrüßte er sie. „Meine Güte, ich hab euch schon überall gesucht! Wo wart ihr so lange?"

„Die Silberfüchse haben uns aufgehalten", lautete die knappe Antwort. Finia entging nicht, dass Orthego beim Namen der Silbernen die Kinnlade herunter klappte vor Entsetzen.

„Aha", sagte Hawk, wandte sich an den Händler und setzte ein liebenswürdiges Lächeln auf. „Komm schon, du kleine Ratte, rück's schon raus."

„I-Ich sagte doch bereits, ich habe keines!", wimmerte er.

„Verarsch mich nicht!", knurrte Hawk und packte ihn am Kragen. „Los, schieb's rüber! Du weißt doch, wie ungemütlich wir werden können. Jetzt frag ich dich: vor wem hast du mehr Angst? Vor diesen Silbernen oder vor uns?"

Orthego schwieg. Nach einer Weile fluchte er, langte in seinen Mantel und zog ein silbriges Fläschchen hervor. Der Inhalt war rot-violett und sah Blut wirklich ähnlich. Der Korken hatte die Form eines Baumes, dessen Wurzeln die Flasche zierten. „Da", blaffte Orthego. „Und jetzt verschwindet von meinem Stand, ihr Bastarde!"

„Vielen Dank", sagte Hawk, nahm die Flasche und zog Finia mit sich, die ihr Gold wieder wegsteckte und das Pferd hinter sich her führte. „Miese Ratte, dieser Orthego, aber so sind die Menschen. Denken immer nur ans große Geld und haben nur ihre eigenen Geschäfte im Kopf."

„Danke", sagte Finia. „Jetzt aber schnell zurück zu Flake!"

„Flake?!", fragte Hawk verwirrt. „Du hast das Zeug für Flake besorgt?"

Finia nickte und gemeinsam machten sie sich auf den Rückweg zurück zu Keas Hütte.

KAPITEL 21: FIEBRIGE SCHATTEN

Flake wollte schreien, seine Stimme blieb stumm. Er wollte sein Schwert ziehen und es sich in den Körper rammen, um dem Schmerz ein Ende zu bereiten. Es war nicht da. Um ihn herum waren Schatten, keiner von ihnen hatte ein klar erkennbares Gesicht, ihre Statuen waren unscharf. Sie hielten ihn fest, tuschelten hämisch miteinander. Entstellte Fratzen grinsten auf ihn herab, bohrten ihm ihre Klauen in die Arme. Wieder wollte er schreien, wieder blieb seine Stimme stumm.

Eines war ihm klar, sie wollten ihn töten.

„NEIN!" Endlich brüllte Flakes Stimme auf, dröhnte ihm in den Ohren, überschlug sich. „NEIN! NEIN! LASST MICH GEFÄLLIGST LOS, IHR SCHWEINE! VERDAMMT, IHR SOLLT MICH LOSLASSEN!"

„Haltet ihn fest!", sagte eine der Schemen zu den anderen, wie viele waren es bloß? „Wenn er weiter so herum fuchtelt, schlägt er sie mir noch aus der Hand!"

„Flake!", keuchte eine andere Scheme. „Flake, bitte, so beruhigt Euch doch! Wir wollen Euch helfen und nicht schaden!"

„IHR SOLLT MICH LOSLASSEN!", brüllte Flake, wollte aufspringen und um sich schlagen, die Schemen hielten ihn fest. Er war zu schwach, keuchte, bäumte sich auf und wollte nach ihnen treten. „IHR SCHWEINE WERDET MICH NICHT UMBRINGEN!"

„Das wollen wir doch auch gar nicht!"

„LÜGNER!"

„Jetzt reicht's!", rief eine Scheme streng und trat an Flake heran, etwas blitzte in ihrer Hand. „Haltet ihn fest, so gut es geht, ich fang jetzt an."

Flake fluchte, wollte sich wehren. Er begriff es nicht. Wieso war er so schwach? Er hatte es in der Vergangenheit doch schon mit zwanzig Leuten und mehr zu tun gehabt und nun konnte er sich nicht einmal aus den Griffen zweier Bastarde befreien?! Wo war sein Schwert und wo war sein ewiger Helfer, das Feuer?

Hatte man ihm alles geraubt?

117

Einer der Kerle, der ihm am nächsten stand, rieb sich die Hände mit einer bestialisch stinkenden Flüssigkeit ein. Er zog Flake die Gewänder hoch, legte ihm die Hand auf diese miese Wunde und verrieb das Zeug.

Sofort schoss der Schmerz durch Flakes ganzen Körper, er brüllte, schrie gellend, lang und so laut er konnte. Seine Stimme wurde ihm heiser, der Kopf explodierte in einem Inferno und das Feuer wollte nicht vergehen. Er wandte sich, die Schemen konnten ihn nicht mehr festhalten.

Im Krampf fiel er zu Boden, schrie nur noch mehr und wälzte sich auf dem Boden umher, zuckte und roch den Schweiß, der ihm überall aus der Haut schoss. Nach Stunden schien alles vorbei. Zitternd und bebend lag Flake auf dem harten Boden. „Nein", stöhnte er, vergrub den Kopf in den Armen. „Nein…"

KAPITEL 22: DER PALAST DES ZWERGENKÖNIGS

Leer stierte Flake zur Strohdecke über sich. Er wusste nicht, wie lange er so dalag, bis ihm klar wurde, dass er wach war.

Er lebte und begriff es nicht. Diese Wunde, die die Silberfüchse ihm beigebracht hatten… Hatte sie ihn nicht dahingerafft? Nein, offenbar nicht. Er lebte und spürte sie nur noch als ein armseliges Pochen.

„Sieh an, du bist endlich aufgewacht!", begrüßte ihn eine Stimme aus einer dunklen Ecke der Hütte.

Vorsichtig setzte sich Flake im Bett auf. „Kea", sagte er heiser, als er die Waldläuferin bemerkte, die auf sein Bett zukam. „Was… Was machst du denn hier?"

Kea lachte. „Ich wohne hier!", antwortete sie. „Finia und der Drache Dinaz haben dich hierher gebracht, erinnerst du dich nicht? Das Mädchen ist interessant… Sie hat für dich das Blut von Zoeil-Dron besorgt. Fast eine Woche lang warst du bewusstlos! Ich geh ihr gleich von deiner Genesung berichten…"

„Warte!", fuhr ihr Flake dazwischen. „Sie wird es schon früh genug von selbst erfahren…"

„Sturer Esel!", rügte ihn Kea. „Warum erzählst du ihr nichts und lässt sie im Dunkeln tappen? Hawk hat mir erzählt, was du ihr alles verschwiegen hast… Von den Silbernen musste sie erfahren, was in ihr steckt! Warum bist du so grausam zu ihr?"

„Sie wird es schon überleben", meinte Flake stur.

Kea wurde ärgerlich: „Sie ist fast noch ein Kind, Flake! Warum hilfst du ihr nicht, ihr schweres Schicksal zu tragen? Die ganze Zeit über, während du mit dem Fieber gekämpft hast, hat sie an deiner Seite gewacht, Tag und Nacht. Ich sah es in ihren Augen, sie wäre jedes Risiko eingegangen, um dir den Tod zu ersparen!"

Flake schwieg. Müde ließ er sich zurück in die Kissen fallen und schweifte in seine eigenen Gedanken ab.

Es musste schon über zehn Jahre her sein, eine stürmische Nacht. Er war für seinen Herrn unterwegs gewesen, so wie jetzt auch, und es trieb ihn an die Grenzen des Zwergenreiches. Er war so jung gewesen, unerfahren und geschwächt vom Überfall einiger Banditen. Mitten in diesen Wäldern war er zusammengebrochen und Kea hatte ihn gefunden, ihn hierher gebracht, in ihre Hütte, ihn gepflegt.

Von da an bis zu diesem Tag hatte sich Kea kein bisschen verändert. Sie war genauso aufbrausend wie damals. Allein die Worte, die ihn rügten, waren ihm fremd. Es war ihm fremd, dass sie für Finia so stark Partei ergriff. Im Gegensatz zu ihm war ihr das Wohl anderer nicht so gleichgültig.

Verärgert machte Kea auf dem Absatz kehrt und stürmte aus der Hütte nach draußen. Sonnenlicht flutete herein, das Flakes müde Augen blendete. Wann hatte er bloß zum letzten Mal die Sonne so strahlen sehen, hell und warm? War während seiner Bewusstlosigkeit etwa der lang ersehnte Frühling über das Land gekommen?

Schwer erhob sich Flake aus den warmen Kissen, tat ein paar unsichere Schritte. Der Schmerz, der seinen Körper tagelang nahezu gelähmt hatte, war verschwunden. Er folgte Kea nach draußen. Der Wald lag halb im Schatten seiner eigenen Äste, zierte den moosüberwucherten Boden, auf dem Finia und Hawk mit klirrenden Klingen umher tanzten und mit aller Konzentration trainierten.

Finia entwickelte sich schnell und Flake erschrak, wie schnell. Ein Monat. In einem Monat hatten sie Liriana hinter sich gebracht, ebenso das Mädchen, von dem Flake stets voller Hass und Argwohn angestarrt worden war. Sie entwickelte sich zu einer Kämpferin, zu einer Dämonin. Es ging ineinander über und noch grauste Flake vor dem Tag, an dem sie ihr ganzes Potential entdecken und nutzen würde, um zu töten und zu zerstören.

„Hey, Flake, altes Haus!"

Flake hob den Kopf. Mit großen Schritten kam Hawk auf ihn zu und legte ihm die Hand auf die Schulter. „Tut das gut, dich gesund und auf den Beinen zu sehen", lachte er strahlend. „Wir haben uns echt Sorgen um dich gemacht!"

„Ich lebe ja noch", erwiderte Flake.

„Zum Glück!"

„Flake", sagte Finia, die Hawk über den Rasen gefolgt war. Sie sah zu ihm auf und im nächsten Moment schlang sie die Arme schon um ihn, ließ das Schwert fallen. „Oh, Flake, ich habe mir solche Sorgen um Euch gemacht!", wimmerte sie. „Ich… ich hatte solch eine Angst um Euch!"

Flake stand da, ohne etwas zu sagen. Er konnte nichts sagen. Das Mädchen klammerte sich an ihm fest, als würde er im nächsten Moment tot umfallen. Sein Blick wanderte zu Kea hinüber, die einige Meter entfernt dastand, die Arme vor der Brust verschränkt. Verdienst du das überhaupt?, schien ihr anklagender Blick zu sagen.

Er wusste es selbst nicht. Noch nie hatte sich jemand so gefreut, ihn zu sehen.

Peinlich berührt ließ Finia von Flake ab und trat einen Schritt zurück. Die Hitze war ihr ins Gesicht geschossen und Flake starrte sie an, als sehe er sie zum ersten Mal. „Ich… Tut mir Leid", stammelte sie und bemühte sich, die Tränen zurückzuhalten. „Es hat mich überrannt und… und ich bin einfach so froh, dass Ihr noch lebt… Ich dachte, ich wäre zu spät…"

Flake blieb stumm, starrte sie weiterhin verblüfft an. Hawk trat vor und klopfte ihm grinsend auf die Schulter. „Freu dich mal!", sagte er. „Ich würde mich geehrt fühlen, wenn ich halb gestorben wäre und man mich dann so begrüßt!" Er wandte sich an Finia. „Nimm's ihm nicht übel, er kann mit so was halt nicht umgehen."

„Kann ich sehr wohl!", fuhr ihn Flake mürrisch an.

„Du bist noch geschwächt, Flake", meinte Kea und schob ihn gewaltsam zurück in die Hütte. „Na los, zurück ins Bett mit dir. Und du bleibst morgen schön zu Hause. Hawk, du passt doch auf ihn auf, oder?"

„Ich bin kein kleines Kind mehr!", protestierte Flake.

„Tja, dann benimm dich nicht so", neckte ihn Hawk.

„Wieso, wo wollt Ihr denn morgen hin?", wollte Finia wissen und folgte den drei Erwachsenen zurück in die Kühle der Hütte, wo Kea sich daran machte, etwas zu Essen zuzubereiten.

„Ich will morgen in die Stadt", antwortete Kea. „Muss zum Palast von Adilor, der Herr der Stadt. Du kannst gerne mitkommen und ich zeige dir ein bisschen die Gegend. Neulich hast du wohl nicht die Chance dazu gehabt, sie groß zu erkunden, oder?"

Finia schüttelte den Kopf.

„Dachte ich mir!", sagte Kea freundlich.

Der Abend kam schnell in den Wald geschlichen. Lange nach dem Essen saß Finia noch am Fenster und sah hinaus, wo am Himmel der volle Mond aufging. Zwischen den Bäumen konnte man schwach die Lichter der Stadt in der Ferne erkennen, kaum größer als die Lichtelfen, die Glühwürmchen glichen.

„Die Stadt der Edelsteine", sagte Dinaz, der neben Finia auf der Fensterbank lag und den ganzen Tag in der Stadt gewesen war. Er hatte sich einige Pergamentrollen besorgt, in deren Schriften er nun vertieft war. „Andere Drachen haben mir oft von dieser Stadt erzählt. Sie sagten, dass sie vom Himmel wie ein glitzernder Berg aus Edelsteinen aussieht. Wenn ich in den nächsten Tagen über die Stadt fliege, werde ich so vielleicht Inspirationen für ein neues Gedicht finden."

„Das würde ich mir dann sehr gerne anhören", entgegnete Finia. „Ich wünschte, ich könnte auch Gedichte schreiben."

„Ach, das ist eigentlich ganz einfach", meinte Dinaz. „Ihr müsst nur Reime finden, dann könnt Ihr aus allem, aus jedem

Gegenstand, aus jeder Minute Eures Lebens ein Gedicht weben."

„Dichten ist wirklich einfach", stimmte ihm Hawk zu, der auf dem Boden saß und seinen Falken streichelte. „Die Barden verdienen immerhin ihr Geld damit! Ich wünschte, sie würden auch mal eines über mich verfassen."

Kea kicherte. „Dann tu mal was Heldenhaftes dafür", sagte sie. „Und jetzt seid mal leiser, Flake schläft schon."

„Schlafmütze", meinte Hawk grinsend.

Finia ignorierte die beiden und sah Flake zu, der leise schnarchend im Bett zusammengerollt war. Er war noch immer ziemlich blass und wirkte völlig erschöpft.

„Der erholt sich schon wieder", sagte Kea, die Finias besorgte Blicke bemerkt hatte, und ließ sich am Kamin sinken. „Ihr könnt ja die Tage hier bleiben, bis er wieder fit ist und ihr weiterreisen könnt"

Weiter, wohin?, fragte sich Finia und die Frage verfolgte sie durch ihre Träume bis zum nächsten Morgen. Was ist eigentlich unser Ziel und wie weit ist es noch bis dorthin? Werden uns noch mehr Silberfüchse überfallen? Werden noch andere versuchen, uns zu töten?

„Finia!"

Finia blinzelte und wuselte an einigen Zwergen vorbei zu Kea hinüber. Wie bei ihrem letzten Besuch in der Stadt war der Markt gefüllt. Das Zwergenvolk hatte jedoch den Vorteil, dass Kea in der Menge gut zu finden war und auch andere Menschen und Elfen, die die Stadt besuchten oder nur auf der Durchreise waren. „Du musst schon aufpassen", sagte Kea und führte Finia durch die Käufer, Händler und Reisenden eine Straße entlang davon. „In jeder Stadt kannst du dich verlaufen, auch hier, also bleib bitte in meiner Nähe."

„Ja", erwiderte Finia lahm. Sie hörte gar nicht richtig zu. Zum einen wanderte ihr Blick über Volk und Gebäude, denn sie hatte jetzt die Chance dazu, alles in Ruhe zu betrachten. Zum anderen dachte sie an Flake, der mit Hawk und Dinaz in der Hütte geblieben war. Was sie wohl gerade treiben?, fragte sie sich.

Der Weg endete abrupt am Fuße eines mächtigen Berges. Sein Gipfel war nicht zu sehen und an seinem Fuß lag der mit Säulen verzierte Eingang zu einem Palast, der im Berginneren liegen musste. Einzelne Zwerge in Kettenhemden und mit Streitäxten patrouillierten auf dem Vorplatz. Kea marschierte stur an ihnen vorbei und zog ihre mürrischen Blicke auf sich.

„Da wären wir", sagte sie an Finia gewandt, die die massiven Säulen und das offene Steintor musterte. „Das ist das Palais von Adilor. Warts ab, drinnen ist es noch kolossaler! Aber fass da bloß nichts an, das sehen diese Kerle nämlich gar nicht gerne."

Das Palais führte mit prunkvollen Fluren tief ins Herz des Berges. Es war so kühl, dass Finia fröstelte und dankbar war für Keas hetzendes Tempo, noch mehr Zwerge kamen an ihnen vorbei.

Anders als in anderen Palästen, von denen Dracos erzählt hatte, zierten keine Portraits von Zwergenherren die Wände. An ihrer Stelle begleiteten nackte Steinwände ihren Weg oder mit Gold und Edelsteinen besetzte Türen und Äxte, die in langen Vitrinen auslagen.

Trotz allem sah sich Finia genau um. Immerhin war es das erste Mal, dass sie einen richtigen Palast besichtigte und zum Teil war es ihr peinlich. Sie kam sich als Bauernmädchen mehr als nur fehl am Platz vor.

Der Weg endete in einer gewölbten Halle, deren Kuppel von mächtigen Säulen getragen wurde, die die Form grimmiger Zwerge besaßen. Auf einem massiven Steinthron in ihrer Mitte saß ein Zwerg mit dunklem Bart und einer Krone auf dem Haupt. „Kea!", begrüßte er die Waldläuferin, als sein mürrischer Blick auf die beiden Eingetroffenen fiel. „Welch eine Freude, hast dich ja lange nicht mehr bei mir blicken lassen!"

„Tut mir leid, Adilor", entschuldigte sich Kea. „Ein paar Freunde von mir sind im Moment bei mir zu Besuch. Darunter auch Blanc Flake."

„Oh. Flake." Adilor grunzte und machte ein Gesicht, als erinnere er sich höchst ungern an diesen Namen. „Ich erinnere mich an so manche Unruhen, die wir dank ihm hier in der Stadt hatten…"

„Ich verspreche Euch", sagte Kea, „dass er dieses Mal ruhig sein wird. Ich verspreche es Euch und bürge für ihn. Er und Finia hier sind auch nicht für lange in der Stadt und werden weiterziehen, sobald es ihnen möglich ist."

„Finia?", fragte Adilor und musterte Finia. „Eine Freundin von Euch, Kea?"

Verlegen verneigte sich Finia vor dem Herrn der Stadt. „Erfreut, Eure Bekanntschaft zu machen, Sire", sagte sie. „Ich habe schon viel von Euch gehört, von Euren Taten als Feldherr."

„Oh ja, ruhmreich sind die Kriege für jene, die ihnen nicht zum Opfer fallen", murmelte der Zwerg geistesabwesend. „Nun ja, die Daimonischen Kriege sind lange her und ich bin nicht mehr der jüngste!"

Er lachte und sein Lachen schallte in dem Thronsaal umher.

Finia musste nicht fragen. Mit den Daimonischen Kriegen konnte er nur jene Feldzüge meinen, die die Zwerge mit den Elfen gegen die Dämonen geführt hatten. Benannt nach Daimon, dem Gott der Finsternis und angeblichem Vater aller Dämonen, die auf der Weltenscheibe wandelten.

Nach einer Weile hob Finia den Kopf und fand sich auf einem Balkon hoch über Adilors Thronsaal wieder. Weit unter ihr herrschte das Gewusel der Zwerge auf den Straßen, während die Sicht in alle Himmelsrichtungen von massiven Bergwänden versperrt wurde.

125

Es war erschreckend, so von ihnen eingekesselt zu sein. Finia hatte Berge noch nie aus solcher Nähe gesehen und sie verübten eine merkwürdig erdrückende Wirkung. Zugleich waren sie wunderschön, glänzten noch an ihren steilen Hängen von Schnee und Eis und schienen nach der Sonne greifen zu wollen.

Hoch im Norden ragte zwischen den kleineren Bergen eine schwarze Linie am Horizont hervor. Gleich dahinter stach etwas Großes, Dunkles aus dem Dunst, Finia konnte nicht erkennen, was es war, es wirkte wie ein einsamer Berg.

Hinter Finia trat Kea auf den Balkon, Finia hatte sie kaum bemerkt. „Na, genießt du die Aussicht?", fragte Kea freundlich und lehnte sich neben ihr an die Brüstung, der Wind brachte ihr Haar zum Flattern. „Siehst du diese Linie da? Das ist der Wall von Taymath, an dem die alte Adelsfamilie der Elmaera lebt. Ah, man kann heute sogar unseren Turm erkennen! Hawk nennt ihn immer D-Tower, aber in Wirklichkeit ist er der Sitz von Ray."

„Dinaz hat mir von ihm erzählt", sagte Finia. „Von diesem Ray, meine ich."

„Dieser Drache scheint ein schlaues Kerlchen zu sein", lachte Kea. „Da, wo Ray ist, der Turm... Das, nun, es wird dein neues Zuhause, sozusagen."

Zuhause? Finia hatte vergessen, was und vor allem wo das war.

KAPITEL 23: EIN GEHEIMES TREFFEN

Finia wusste nicht, was ihr die Sprache geraubt hatte. Stumm wanderte sie im Licht der Nachmittagssonne neben Kea her zum Marktplatz zurück. Adilors Palais lag hinter ihnen, Finia hatte gar nicht richtig wahrgenommen, wie sie die mächtigen Hallen verlassen hatten.

„Du bist so still", sagte Kea neben ihr, bevor sie auf das Getümmel stießen. „Ich begreife nicht, warum ich dir zeigen musste, wohin Flake eigentlich mit dir will… Hat er es dir nie gesagt?"

Finia schüttelte betreten den Kopf.

Kea seufzte schwer und legte Finia die Hand auf den Kopf. „Komm", sagte sie, „wir gehen einkaufen und dann mach ich uns und diesen Kerlen Zuhause was Leckeres zu essen, ja?"

„Ja", antwortete Finia lächelnd.

Finia hatte keine Geschwister. Sie hatte sich immer eine Schwester gewünscht, denn Iro war stets wie ein Bruder gewesen, der sie beschützte. Kea war die erste Person in ihrem Leben, die wie eine große Schwester zu ihr war. Sie ließ sich nichts gefallen und wenn sie von einer Frau vor einem Stand angerempelt wurde, rempelte sie gut gelaunt zurück.

„Hey, Dinaz!", rief Kea plötzlich und Finia folgte ihr durch das Knäuel aus Zwergen hinüber zu einem kleinen Buchladen. Vor dessen Tür stand Dinaz, eine Tasche voller Pergament und Tinte um den Hals und in ein Buch vertieft.

„Ah, Miss Kea", begrüßte Dinaz sie, als er erschreckt hochfuhr. „Miss Finia. Seid ihr schon zurück von Herrn Adilor?"

„Jup", antwortete Kea. „Ihn stören unsere Tätigkeiten nicht, aber ich habe ihm auch versprechen müssen, dass Flake nicht in die Nähe der Stadt kommt… Wisst Ihr, er hatte hier vor ein paar Jahren ein ordentliches Durcheinander angerichtet und eine Miene zum Einsturz gebracht. Erwähnt das lieber nicht, Flake findet das Ganze noch immer recht komisch… Dieser Kerl ist unmöglich!"

„Finia?!"

Finia rührte sich nicht. Ihre Augen weiteten sich, eine grobe Hand war ihr von hinten auf die Schulter gelegt worden. Kea und Dinaz waren in ein Gespräch vertieft, Passanten zogen schnatternd vorbei.

„F-Finia?", stotterte Finia. „Ich kenne keine Finia, Ihr müsst mich verwechseln…"

„Dieses rote Gold würde ich überall wieder erkennen!"

Rotes Gold.

Finia wandte sich nun doch um und stand prompt dem Schmied aus Elinas gegenüber. Er hatte ihre Haare stets so genannt, fasziniert von einer solch strahlenden Färbung. „Ich fasse es nicht… Martell!"

Martell lächelte erleichtert und zugleich verwirrt. „Kleine Finia", sagte er. „Meine Güte, was machst du denn hier in Oldayr und wie siehst du eigentlich aus? Weißt du eigentlich, was sich Clay für Sorgen um dich macht?"

„Nicht hier", fuhr ihm Finia dazwischen, sah über die Schulter hinweg zu Kea und Dinaz, die den Schrank von einem Mann nicht bemerkt hatten. „Bitte, können wir irgendwo hingehen, wo wir in Ruhe reden können?"

Martell starrte sie an. Nach einer Weile nickte er und ging voraus zum Rand des Platzes. Sie betraten einen alten Weinkeller, der zum Gasthaus umgebaut war, aber der Geruch nach Wein lag noch immer in der Luft. Vereinzelt saßen ein paar Zwerge in den Ecken, dunkle, leere Ecken, fernab der Fenster.

Der Schmied wählte ebenfalls eine der Ecken neben einem großen, alten Weinfass, besorgte Finia etwas zu trinken und stellte es vor ihr auf den Tisch. „Nun?", sagte er und setzte sich. „Ich bin gespannt darauf zu hören, was du mir zu sagen hast."

„Ich weiß gar nicht, was ich Euch erzählen soll", nuschelte Finia und nippte an ihrem Krug, das Getränk darin war ganz heiß gegen die Kälte des Tages.

„Warum du verschwunden bist, wäre ein guter Anfang", meinte Martell. „Hast du eine Ahnung, was sich alle für

Sorgen um dich machen? Pater Arturius hat sogar erlaubt, dass Iro auf die Suche nach dir geht. Und ich finde dich. Hier! In Oldayr! Was waren das da draußen für Leute, die Frau und… Habe ich richtig gesehen? Ein Drache? Wieso haben die dich verschleppt?"

„Sie haben mich nicht verschleppt", erwiderte Finia mit Nachdruck. „Nun ja, vielleicht…"

„Heißt das etwa, du bist freiwillig bei ihnen?" Finia schwieg. „Wieso tust du das? Warum hast du es nicht wenigstens Clay gesagt und… Warum gehst du mit ihnen? Komm mit mir, zurück nach Elinas."

„Das geht nicht."

„Warum nicht?"

„Ich…" Finia schüttelte den Kopf. Sie konnte sich nicht erinnern, dass es ihr je so schwer gefallen war, die richtigen Worte zu finden. „Die Dinge haben sich halt geändert – ich habe mich geändert. Da ist etwas… in mir… das ich vorher nicht kannte. Etwas, das Gefahr anzieht. Elinas wäre nicht lange sicher, wenn ich zurückkehre!"

Martell schwieg, lehnte sich zurück und legte die Stirn in Falten. Sein Blick schweifte durch den Schankraum, der erfüllt war von den grummelnden Stimmen der Zwerge. Er verstand Finia nicht, das war ihr klar, als sein Blick wieder zu ihr wanderte, sie durchbohrte wie messerscharfe Pfeile. „Du hast dich verändert", stimmte er ihr zu. „Sogar sehr… Du trägst ein Schwert. Wenn du je eins gebraucht hättest, ich hätte dir nur zu gerne eines geschmiedet." Liebevoll tätschelte der Schmied den Hammer, der an seinem Gürtel baumelte. „Weißt du, dein Vater, dem habe ich auch mal eines geschmiedet, bevor er aus Elinas verschwand."

Finia schwieg, biss sich auf die Lippe.

Wenn sie über etwas nie nachdenken wollte, dann über Tronas. Sie verdrängte ihn aus – war es Hass? -, da er Clay mit ihr allein gelassen hatte. Finia erinnerte sich an viele Abende, an denen Clay an ihrem Bett Lieder gesungen hatte, Lieder, damit Finia ruhig einschlafen konnte, während ihrer Mutter die Tränen über die Wangen liefen…

„Wie geht es Mutter?", fragte Finia schwer.

„So weit gut, denke ich", lautete die Antwort. „Sie macht sich nur solche Sorgen um dich. Bitte, komm mit nach Hause. Ich sehe doch, dass dich diese Leute nicht glücklich machen!"

Augenblicklich stellte Finia den leeren Krug hin und erhob sich. Draußen ging bereits die Sonne unter, die den Weinkeller in Blut tauchte. Sie musste sich beeilen, sonst würde sie nicht mehr aus der Stadt kommen bis zur nächsten Morgendämmerung. „Ich muss gehen", sagte Finia. „Bitte, Martell, gebt meiner Mutter diese Nachricht: Es geht mir gut und sie soll sich keine Sorgen machen. Irgendwann kehre ich nach Elinas und zu ihr zurück!"

KAPITEL 24: HEIMWEH

„Was soll das heißen, ihr wisst nicht, wo sie ist?!"

Flake war außer sich vor Wut und Hawk stand schon neben ihm, um ihn zu beruhigen. Vor ihm standen Kea und Dinaz, der betreten zu Boden sah. Draußen vor der Hütte war es bereits Nacht und sie waren ohne Finia zurückgekehrt. „Wo ist sie?", brüllte er die beiden an. „Kea, du warst doch mit ihr unterwegs, verdammt!"

„Jetzt beruhige dich mal, ja!", keifte Kea zurück, die sich diesen Ton nicht bieten ließ. „Ja, sie war bei mir bis zum Marktplatz. Ich sprach nur kurz mit Dinaz und als ich mich wieder umdrehte, war sie weg."

„Weg, weg, ich hör immer nur weg! Wieso habt ihr sie nicht gesucht?"

„Haben wir", gab Dinaz zu. „Ich flog über der Stadt. Meine Augen sind messerscharf, doch ich sah Finia nirgends. Es tut mir leid…"

„Pah!" Flake wandte sich ab, um nicht nach der Riesenechse zu treten. Sie alle nahmen die Sache auf die leichte Schulter, sie wusste nicht, dass Flakes Kopf von dieser Mission abhing. „Ich geh sie suchen…"

„Nein, das wirst du nicht!", sagte Kea bestimmt und trat ihm an der Tür in den Weg. „Ich habe bei Adilor geschworen, du würdest die Stadt nicht betreten. Wenn man dich in der Stadt sieht, riskierst du deinen Hals und meinen dazu!

Hawk, pass ja auf, dass er hier bleibt. Dinaz, wir suchen noch einmal die Stadt ab, ich kenne einen versteckten Weg, fernab der Tore, der in die Stadt führt."

In diesem Moment öffnete sich die Tür einen Spalt weit und ein Schatten huschte herein. Draußen hatte der Regen eingesetzt, Wasser tropfte von einem Mantel. „Finia!", rief Hawk überrascht. „Meine Güte, wir haben uns verdammt große Sorgen um dich gemacht. Wo warst du?"

Er tat einen Schritt auf sie zu, doch hielt inne. Finias Blick war merkwürdig leer und abwesend und sie zitterte am ganzen Leib. Ihre Augen huschten über die Gesichter der Anwesenden. Bis hin zu Flake. „Wo warst du?", fragte er leise. Finia gab keine Antwort, wandte den Blick wieder ab.

Mit zwei Schritten stand Flake vor ihr, packte sie an den Schultern, schüttelte sie. „WO WARST DU, VERDAMMT!", brüllte er sie an. „ANTWORTE!"

„Flake!", schrie Kea und schlug ihm die offene Hand ins Gesicht, sein Kopf schleuderte zur Seite.

Erst nach einer Weile ließ er Finia los, Kea zog sie an ihre Seite. Hunderte wirrer Möglichkeiten schossen Flake durch den Kopf, wo Finia gewesen war. Die erste war, dass sie den Silberfüchsen begegnet war, aber sie roch nicht nach ihnen. Sie schwieg nur, Keas Hand auf ihrem Kopf, und sah ihn nicht an. Niemanden.

Sie schwieg vollkommen und das drei Tage lang. Sie ging auch nicht mehr in die Stadt, saß tagsüber draußen vor der Hütte und abends an ihrem Fenster, sah hinaus, ohne irgendetwas zu sehen. „Ich geh noch mal kurz raus", sagte sie am Abend des dritten Tages.

„Mach das", sagte Kea, die mit Hawk etwas zu essen zubereitete. „Bleib aber bitte in der Nähe, es gibt gleich essen." Finia nickte nur.

„Und verlauf dich nicht!", meinte Hawk scherzend.

Finia nickte erneut und verschwand zur Tür hinaus, ihre Schritte entfernten sich rasch.

Flake sah ihr nach. Er saß bei dem dösenden Dinaz am Kaminfeuer, wrang die Hände.

„Sag mal, was ist los mit ihr?", fragte ihn Kea. Seit er bei Finia die Kontrolle verloren hatte, hatte sie noch mehr Verachtung für ihn übrig als sonst.

„Woher soll ich das wissen?", knurrte Flake.

„Wer soll es sonst wissen?", fragte ihn Hawk und gesellte sich zu ihm. „Flake. Du kennst sie von uns allen am längsten. Sie mag dich, auch wenn du gemein zu ihr warst, sonst hätte sie dir nicht das Leben gerettet!"

Flake grunzte. Kennen? Er kannte Finia ebenso wenig wie sie ihn und wäre er an ihrer Stelle, er würde sich selbst auch nicht trauen. Er war nicht der Typ, mit dem man sich aussprach. Er war nicht der Typ, dem man vertraute...

„Ihr solltet mit Finia reden", nuschelte Dinaz im Halbschlaf.

„Ich stimme Sir Hawk zu. Ihr müsst irgendetwas an Euch haben, das nur sie sieht und das auch nur ihr gefällt. Zeigt ihr, dass sie sich nicht in Euch irrt und ich versichere Euch, sie wird sich Euch öffnen."

Dieser Drachen schwingt Reden wie ein alter Aristokrat, stellte Flake fest. Doch irgendetwas daran musste stimmen, denn Flake erhob sich von seinem warmen, ruhigen Platz, warf sich seinen Mantel über und verließ die Hütte.

Es war eine stille, dunkle Nacht, die über dem Wald lag wie eine Decke. Ab und an warf der Mond sein Licht durch das Blätterdach und erhellte Flakes Weg durch hohes Gras und Gestrüpp. Er folgte mehr seinem Gefühl als seinen Sinnen, ein ganzes Stück weg von der Hütte.

Nach einer ganzen Weile drang ein Wimmern an Flakes Ohr. Am Rand einer kleinen Lichtung blieb er stehen und entdeckte Finias Silhouette, die auf einem umgeknickten Baumstamm saß.

Leise ging Flake auf sie zu und setzte sich neben sie. Finia hob den Kopf, wandte den Blick ab und fuhr sich mit dem Ärmel ihres Mantels über das verweinte Gesicht. „Das muss dir nicht peinlich sein", meinte Flake, der sie gar nicht ansah.

„Es ist mir aber peinlich", schluchzte Finia.

Flake sah sie an, ihr verweintes Gesicht, die feuchten Augen hinter ihrem roten Haar. Was war das? Als er sie vor ein paar Wochen in der „Schwarzen Trauerweide" weinen sah, da war es ihm egal gewesen. Wieso hatte er jetzt das Verlangen, sich abzuwenden?

Und dann war da auch noch diese Angst in ihrem Blick...

„Keine Sorge, ich werde dich nicht wieder schütteln", sagte Flake. „Ich hatte einfach nur... Angst, dass dir etwas zugestoßen sein könnte. Ich…" Er biss sich auf die Lippe. „Es tut mir leid."

„Das braucht es nicht." Finia zwang sich zu einem Lächeln. „Ihr seid ehrlich. Ich habe jemanden aus Elinas getroffen, den Schmied Martell. Ich wollte mit ihm reden, ihm erklären, warum ich mit Euch gehe, aber… Ich wusste nicht, wie ich es ihm erklären sollte! Ich bin etwas, an das ich selbst nie geglaubt habe… eine Dämonin…

Bitte, sagt es mir: Wofür braucht mich Euer Herr?"

Flake schwieg eine Weile. Bei ihren Worten waren Finias Augen wieder feucht geworden und glitzern im zarten Mondlicht. Sie hatte Heimweh und erneut diese Schuldgefühle, weil sie niemandem die Wahrheit sagen konnte.

Zum ersten Mal fragte sich Flake, warum er sich in Elinas so rücksichtslos verhalten hatte.

„Wofür Ray dich braucht?", wiederholte Flake lahm. Es war wirklich Zeit, dass er offener zu ihr wurde. Damit ihm nicht erneut jemand zuvor kommen konnte. „Er glaubt an eine alte Prophezeiung, laut der nur das Kind des Thronfolgers für den Frieden auf Dawnaria sorgen kann."

„Wer ist der Thronfolger?", fragte Finia und erinnerte sich daran, dass die Silberfüchse ihr ähnliches erzählt hatten.

„Dein Vater. Tronas", sagte Flake. „Tronais bedeutet im Elfischen 'der Thronfolger'. Als Tronas verschwand, erfuhr Dracos, dass du damit gemeint bist. Er hat versucht, dich davor zu beschützen und hat dich in Elinas versteckt. Alter Narr… Anstatt unserer Festung hat er ein wehrloses Kaff gewählt."

„Mein Onkel war kein Narr!", fuhr ihn Finia an. „Er hat meinen Vater gehasst, genau wie ich, weil er meine Mutter mit mir allein gelassen hat!"

Flake sah sie an und begriff nicht, warum er sich ihr so öffnete: „Ich kannte meine Mutter gar nicht, sie war eine stolze Dämonin und starb bei meiner Geburt. Mein Vater war ein schwacher Mensch, der offenbar mit mir überfordert war. Er wollte mich zu Ray bringen, aber am Wall haben uns die Silberfüchse überfallen. Mein Vater hat gewinselt und sie haben ihn getötet. Sie glaubten, dass er der Dämon war und nicht ich.

Mein Vater hat mich enttäuscht. Aber ich hatte ein Erbe, genau wie du, und ich bin auch zu Ray gegangen. Weil es das Erbe meiner Mutter verlangte."

Finia sah ihn stumm an. Flake senkte den Blick zu Boden und wrang wieder die Hände. Wieso redete er bloß so viel? Wo war der eisern schweigende Flake hin, der den D-Tower vor fast zwei Monaten verlassen hatte?

Er hätte zu gerne gewusst, was Finia dachte – woher kam diese Neugier? Sie sah zum Mond auf, der auf Oldayr herab lächelte. Noch immer war ihr Gesicht von Verständnislosigkeit überfüllt, von ungestellten Fragen über ihr fragwürdiges Schicksal.

„Ich weiß nicht, was noch alles vor dir liegt", sagte Flake leise, „aber… Ich verspreche dir, dass ich da bin. Ich werde dir helfen, wenn du Hilfe brauchst. Und ich werde dich befreien, wenn dich je wieder jemand gefangen nimmt!"

„Ich weiß das zu schätzen", sagte Finia und schmiegte sich an ihn, als suche sie nach dem versprochenen Schutz. „Das weiß ich wirklich."

Flake starrte sie an. Langsam legte er seine Hände um sie, verfluchte ihr Zittern. Den Kopf auf ihrem fragte er sich, wann er zuletzt jemanden so nah an sich heran gelassen hatte.

„Hey! Finia, Flake, es gibt essen!", erklang Hawks Stimme aus der Ferne. Aber die beiden ignorierten seine Worte.

KAPITEL 25: DAS TAL DER RIESEN

Finia war schon wach, da war noch nicht einmal die Sonne über die nahen Berge geklettert. Kea hatte ihr seit dem Treffen mit Martell das Schlafzimmer überlassen und sie konnte von nebenan das Wühlen der anderen hören. Vor allem Flakes Stimme drang durch die Tür herein.

Der letzte Abend… Seit sie einander kannten, hatte Finia ihn nicht so erlebt. Er hatte sich ihr geöffnet und seine Worte hatten Finia deutlich die Last erleichtert, die ihr auf dem Herzen lag. Als könnten sie nun so etwas wie Freunde werden.

Beim Essen hatte Flake bekannt gemacht, dass sie an diesem Tag weiterreisen wollten. Anders als zuvor in Lirna bekam Finia den Aufbruch mit, ein letztes, gemeinsames Frühstück und das Füllen der Rucksäcke mit Proviant.

Draußen war es noch halb dunkel, obwohl sich der Mittag näherte. Das Pferd von Flake war gesattelt, die Taschen prall und alle standen draußen, auch Hawk und Kea, um sich zu verabschieden.

„So, wir sehen uns", sagte Flake kurz angebunden. „Hawk, pass auf Kea auf. Ich muss noch eine Gelegenheit bekommen, mich für ihre Gastfreundschaft zu revanchieren."

„Ich kann durchaus selbst auf mich aufpassen", meinte Kea grinsend, die an Hawks Seite lehnte. „Gib du lieber Acht, auf euch drei!"

„Ich bin ja auch noch da, Miss", sagte Dinaz, der seine Tasche mit seinen Schriftdo-kumenten am Pferdesattel festzurrte. „Und ebenfalls vielen Dank für die Gastfreundschaft. Es würde mich freuen, Euch einmal wieder zu sehen."

„Unsere Welt ist klein", lachte Kea, wandte sich an Finia und schloss sie kurz in ihre Arme. „Pass auf die beiden Kerle auf, ja? Und lass dich nicht mehr von Flake ärgern." Sie warf ihm einen überlegenen Blick zu.

„Werde ich nicht", versprach Finia.

„Bestimmt", stimmte ihr Hawk zu und gab ihr einen freundschaftlichen Klaps auf den Hinterkopf. „Wir sehen uns dann am D-Tower. Vermute ich mal, aber seid nicht wieder so spät. Macht's gut!"

„Mach's besser", sagte Flake, stieg in den Sattel und zog Finia hinter sich, Dinaz flatterte bereits über ihnen. „Wir sehen uns!" Er gab seinem Pferd die Sporen und sie galoppierten durch den Wald davon nach Nordwesten. Finia sah sich noch einmal um, bis sie die beiden winkenden Dämonen vor Keas Hütte vor lauter Bäumen nicht mehr sehen konnte.

Der Wald wurde dichter als das Stück, in dem die Hütte stand. Dickicht, Bäume und tief hängende Äste verhinderten eine weite Sicht. Flakes Pferd hatte keine Probleme damit, donnerte über trockenen Boden und preschte durch Hindernisse oder messerscharf um jeden Baum herum, sodass Finia die Äste nur so ins Gesicht peitschten.

„Keine Sorge", sagte Flake, den die Äste nicht störten, die ihm das Gesicht zerkratzten. „Der Wald wird sich schnell lichten, wenn wir die Straße zum Wall erreichen.

„Wie lange wird es dauern, bis wir ihn erreichen?", wollte Finia wissen und erspähte ab und an Dinaz, der über den höchsten Baumwipfeln segelte.

„Hm, schwer zu sagen…"

„Was soll das heißen?" Sie starrte ihn verständnislos an. „Ihr wusstet doch immer, wie lange wir brauchen würden. Wieso wisst Ihr es dieses Mal nicht?"

„Hm, tja, bis jetzt habe ich auch mit keiner meiner Schätzungen Recht behalten", gab Flake stur zu. „Vielleicht vier Tage, wobei wir am dritten den Landsitz der Adelsfamilie Elmaera durchqueren. Vielleicht machen wir dort auch Rast, ich hätte da eigentlich noch eine kleine Angelegenheit aus der Welt zu schaffen…"

Wie Flake sagte, lichtete sich der Wald langsam bei Einbruch der Nacht. Weit im Osten waren gerade noch die glitzernden Berge von Olday-Lum zu sehen, Finia hatte es gar nicht mehr ausgenutzt, die Stadt gründlicher zu erkunden. „DINAZ!", brüllte Flake in die Dunkelheit hinein und stieg vom Pferd. „Kommt runter, wir rasten für heute Nacht hier!"

„Hier?", fragte Dinaz' Stimme und sein Leib, der im aufgehenden Mondlicht gelblich schillerte, tauchte neben ihnen auf. „Nicht weiter…?"

„Nein", sagte Flake bestimmt, der hastig das Lager aufschlug und Finia aus dem Sattel half. „Macht Feuer und legt Euch schlafen, die Reise wird noch lang genug, zumindest länger als diese Nacht."

„Wie Ihr meint", sagte Dinaz und tat wie geheißen.

Finia schlang noch hungrig einen Apfel hinunter und tat es ihm gleich. Flake machte es sich an einem nahen Baum bequem und rollte sich in seinen Mantel ein. Kea hatte ihn geflickt, das Loch, und Finia hatte selber gesehen, dass Flakes Wunde darunter zu einer Art sternförmigen Siegel verschlossen war. Trotzdem löste der Anblick der Nacht Unruhe bei ihr aus. „Hey!", riss Flake sie aus ihren Gedanken. „Du sollst schlafen."

„Äh… ja!", rief Finia, schlang sich ihre Decke enger um den Leib und legte sich an Dinaz' wärmenden Körper. „Gute Nacht!"

„Nacht", erwiderte Flake und Finia bemerkte das Grinsen auf seinem Gesicht.

Der nächste Tag führte die drei auf der Straße weiter. Vertraute, leere Straßen, die menschenleer waren und irgendwo in der Ferne verschwanden. Sie führte direkt durch ein grünes Tal an einem breiten Fluss entlang. Links und rechts von ihr zogen sich die Berge des unendlichen Gebirges von Leayun empor, höher als Dinaz hätte fliegen können.

Flake hatte immer das Gefühl, sich zwischen den hohen Mauern eines Labyrinths zu befinden. Bedrohung ging von ihren Massiven aus und Flake spürte die Hände des Mädchens, die an ihm Halt suchten. „Sie werden dich schon nicht auffressen!", lachte Flake und trieb sein Pferd voran.

„Das sind nur Berge. Das einzige, was hier bedrohlich ist, sind die Banditen, die sich feige hinter irgendwelchen Felshängen verkriechen. Ein bisschen Magie wird sie schon fernhalten."

Finias Gesicht versteinerte. Flake sah nie, dass sie ihre Magie nutzte. Anders als er damals schien sie sich davor zu fürchten. Und Flake war noch bedeutend jünger gewesen, als er sie entdeckte. „Was ist das für ein Ort hier?", fragte Finia leise.

„Es wird das Tal der Riesen genannt", erklärte Flake und lachte fast bei Finias entsetztem Gesicht. „Keine Sorge, richtige Riesen, die so groß sind, wie Dinaz gerade fliegt", sagte er mit einem Blick zum Himmel, „wirst du hier kaum finden. Alte Sagen der Zwerge berichten davon, dass sie die Berge früher für schlafende Riesen hielten, deshalb der Name. So wie bei den Bergen von Olday-Lum."

Flake wusste nicht, wie weit das Tal reichte, doch blieb der Anblick für die Dauer der nächsten Tage unverändert.

Am Mittag des dritten Tages rasteten sie am Ufer eines Flusses, der sich durch das gesamte Tal zog. Während Flake auf einem Felsen hockte und angelte, obwohl er in der Wärme des Tages lieber unter einem Baum dösen wollte, sah er Finia und Dinaz zu, die im seichten Wasser herum planschten, das Pferd stand an einem nahen Baum und graste.

Flake lächelte. Er konnte sich nicht erinnern, dass er Finia je so glücklich gesehen hatte, so frei von Sorgen, und zog seine frische Beute an Land. Gemeinsam setzten sich die drei um ein Feuer und der Geruch nach gebratenem Fisch zog am Ufer entlang. „Heute Abend erreichen wir Elmaera", sagte Flake. „Wir brauchen nur dem Fluss zu folgen."

„Was genau ist denn nun dieses Elmaera?", fragte Finia.

„Eines der wenigen Landschaften in Oldayr, die von Menschen bewohnt sind", erklärte Dinaz, der an einer Gräte nagte. „Der Landesherr, Lord Nimurel, war im Daimonischen Krieg auf der Seite der Dämonen, wie fast alle Menschen. Als

Strafe von den Elfen müssen seither die Bewohner Elmaeras den Wall von Taymath bewachen.

Soweit ich weiß, hat er sogar einen Sohn. Soll ein talentierter Bursche sein, ein ebenso guter Schwertmeister wie sein Vater."

„Das werden wir ja noch sehen", murrte Flake.

„Wie meinen?"

„Ach, nichts" Flake wandte den Blick nach Westen. Er war immerhin nicht umsonst so scharf darauf, nach Elmaera zu kommen…

KAPITEL 26: DER TANZBALL

Es war dunkel, ehe sie Elmaera erreichten. Flake trieb sein Pferd stur weiter die Straßen entlang, die direkt durch das kleine Städtchen führte.

Dracos hatte seiner Nichte nie groß von diesem Ort erzählt, auch nicht von der hell erleuchteten Burg, die eher einer Villa mit vielen Türmchen und Zinnen glich. Sie thronte jenseits der leeren Straßen und Musik drang aus ihren geöffneten Toren zu Finia herüber. „Was ist denn da los?", fragte sich Finia laut, die den Blick nicht von der Burg wenden konnte. „Hört sich an wie ein großes Fest."

„Es ist ein Tanzball", erzählte ihr ein Soldat. Er lehnte an einer breiten Steinbrücke, die über den Fluss hinweg zur Burg führte. „Der Lord hofft, dass sein Sohn, Sir Jaelos, so endlich eine Verlobte für sich findet. Ihr könnt mit Eurem Begleiter ruhig hingehen, Melady, er ist allen zugänglich."

„Wollen wir?", fragte Finia an Flake gewandt.

Der warf der Burg einen Blick zu und ritt schweigend an dem Soldaten vorbei über die Brücke, die Hufe des Pferdes klapperten auf dem Stein und unter ihnen rauschte der Fluss. „Gut, du kannst ruhig auf das Fest", murrte er. „Ich habe was zu erledigen und hole dich dann später wieder ab."

„Und Dinaz?", fragte Finia.

Flake sah zum verhangenen Himmel. Vom Hof der kleinen Burg aus, der von hohen Mauern umgeben war, konnte man Dinaz erkennen. Wie eine große Krähe landete er auf dem höchsten Turm über dem offen stehenden Portal. „Er wartet", meinte Flake, stieg vom Pferd und band es an einem nahen Baum fest, die Musik füllte den Hof.

Finia folgte ihm und sah zu den Soldaten hinüber, die im Licht des Tores lehnten. „Die lassen mich doch nie da rein", nuschelte sie und sah an sich herunter.

„Das kann man ändern", sagte Flake. Er zischte etwas, in seiner Hand erglühte ein Licht, das Finia blendete. Als sie wieder etwas sehen konnte, wallte ihr ein blutrotes Kleid bis zu den Füßen, die in edlen Schuhen steckten.

Sie starrte Flake an, der auf einmal einen schwarzen Anzug trug, eine gefiederte Maske verbarg sein Gesicht wie auch eine weitere das ihrige. „So geht es", sagte er, hakte sich bei Finia unter und führte sie die Stufen zum Portal empor. „Verhalte dich trotzdem unauffällig und nenne niemandem deinen Namen."

Finia nickte stumm und sie betraten einen weiten Tanzsaal, die Decke war aus Glas und man konnte in den Nachthimmel schauen. Der Saal war mit Gästen gefüllt, Paare, die zur Musik des Orchesters tanzten, das auf einer Bühne aufgebaut war. Finia fühlte nahezu ihre Musik, die sie völlig erfüllte.

Sie wandte sich um, runzelte die Stirn hinter ihrer Maske. Sie hatte gar nicht bemerkt, dass Flake von ihrer Seite verschwunden war. Finia spähte umher, lief an den Tanzenden vorbei, auf der Suche nach Flake. Nirgends konnte sie ihn finden und das einzige, was ihn von den anderen Frackträgern unterschieden hätte, war sein rostrotes Haar.

„Verzeiht, Melady, sucht Ihr jemanden?"

Finia wirbelte herum, eine Hand auf ihrem nackten Arm. Vor ihr stand ein junger Mann mit goldener Maske. Sein Haar war schwarz wie das Gefieder eines Raben, seine Berührung so sanft und seine Stimme melodischer als die Musik, die den Raum füllte. „Äh", machte Finia verlegen, azurblaue Augen musterten sie.

„Ihr seid allein", sagte der Fremde. „Wollt Ihr vielleicht mit mir tanzen? Nur solange, bis er wiederkommt, den Ihr sucht."

„Ich… kenne den Tanz leider nicht", gestand Finia und beobachtete die Tänzer um sie herum, die alle synchron waren.

Der Fremde reichte ihr die Hand. „Ich zeige ihn Euch", sagte er.

Finia begriff selbst nicht, warum sie seine Hand ergriff und sich von ihm auf die Tanzfläche führen ließ. Er legte seine andere Hand auf ihre Hüfte und führte sie, langsame, kurze Schritte, die dennoch etwas Energisches an sich hatten. „Es klappt doch", sagte der Fremde. Sie waren einander so nahe, dass Finia seinen Atem auf ihrem Gesicht spürte, ihre tanzenden Körper berührten einander fast.

Finia schloss die Augen, ließ sich von ihm führen. Sie wusste nicht, was das war. Sie fühlte sich so nah, zu diesem Fremden hingezogen. Er hielt sie fest in seinem Arm und Finia hätte sich innerlich fallen lassen können, sie hätte auch dann weiter getanzt.

Flake folgte düsteren Fluren, eine Treppe hinauf. Sein Weg endete an einem Balkon über dem Tanzsaal, die Musik nervte ihn höllisch. Für ihn war es nur sinnloses Gedudel, das alle anderen zu verzaubern schien. Mitten im Gewusel der begeisterten Tänzer entdeckte er Finias Haarschopf, er stach einfach hervor. Sie tanzte mit irgendeinem Jungspund. Flake war es gleich, solange sie es genoss und alles andere für einen Moment vergessen konnte.

„Ihr wolltet mich sprechen, Sir?"

Flanke wandte sich ab und stand einem alten Mann in prächtigen Gewändern gegenüber. Das Haar war ihm ergraut und sein Gesicht war zerfurcht. „Nimurel von Elmaera", sagte Flake leise und grinste hinter seiner Maske. „Wo ist der stolze Feldherr der Daimonischen Kriege hin, der uns verraten hat? Ihr seid ein alter Mann geworden…"

„Wer seid Ihr?", fragte der Lord von Elmaera. „Was wollt Ihr von mir, dass Ihr mich alleine sprechen wolltet?"

„Oh, Ihr kennt mich", meinte Flake und nahm seine Maske ab, die er zu Boden fallen ließ.

„Blanc Flake!", schrie Nimurel und wich zurück, sein Rücken traf die Wand hinter sich. „Ihr! Was wollt Ihr von mir? Kann man nicht einmal ein Fest für seinen Sohn veranstalten, ohne dass ihr Dämonen alles kaputt macht?"

„Nimm den Mund lieber nicht so voll, alter Mann", lachte Flake. „Du bist nur ein Mensch und hast geglaubt, du könntest dich mit uns anlegen…"

Nimurel schüttelte den Kopf, das Licht der Kronleuchter glitzerte auf seiner vor Panik nassen Stirn. „Bitte, ich habe doch noch einen Sohn!", wimmerte er.

„Ray weiß das", murmelte Flake und zog sein Schwert, sein Gesicht spiegelte sich darin. „Und leider hatte ich noch nie etwas für Gewimmer übrig…"

KAPITEL 27: DER WALL VON TAYMATH

Die Musik setzte aus und das Geschrei von Frauenstimmen drang an Finias Ohr. Sie hob den Kopf, empört, dass man sie aus diesem tanzenden Traum riss, diesem Tanz, der sie weit fortgetragen hatte. „Was ist denn los?", fragte Finia und immer mehr Leute brachen ihre Tänze ab, stimmten in das Geschrei ein.

„Ich weiß es nicht", sagte der Fremde, an dessen Brust sie stundenlang getanzt hatte. Jetzt standen seine Füße still, die sie durch den Saal geführt hatten. „Da vorne am Balkon stehen Soldaten…"

Die ersten Gäste des Balls setzten sich plötzlich in Bewegung und stürmten aus dem Saal. Einige rempelten Finia an, ihre Maske wurde ihr vom Gesicht gerissen und fiel zu Boden, sie trennte sie von ihrem Tänzer. Als Finia ihn wieder sehen konnte, hatte auch er seine Maske verloren und das Gesicht eines Jünglings, ein paar Jahre älter als sie selbst, starrte ihr entgegen, die Stirn gerunzelt.

Für einen Moment, für den Zeitraum weniger Sekunden, standen sie nur da und starrten einander an, andere Schatten stürmten an ihnen vorbei, rempelten sie weiterhin an, keiner reagierte. „Sagt Ihr mir Euren Namen?", fragte der Fremde.

„Finia…", fing Finia an.

Eine Hand packte sie am Arm, zerrte sie mit sich. „Wir verschwinden von hier", zischte Flake ihr ins Ohr und zog sie im Sprint hinter sich her hinaus in den Hof.

Finia musste folgen, stolperte Flake hinterher, noch immer ganz verzaubert. Sie wandte sich noch einmal um, hielt Ausschau nach ihrem Tänzer. Sie sah Leute, Erwachsene, Adelige, Tänzer, aber sein Gesicht war verschwunden in ihrer Masse.

„Jetzt komm endlich!", drängelte Flake und zog sie hinter sich auf den Rücken des Pferdes, das sogleich davon galoppierte.

„Was ist denn geschehen?", fragte Finia auf dem Weg zum westlichen Stadtrand, aus der Burg drang noch immer Geschrei durch die Nacht. Sie klammerte sich an Flakes Frack fest und erstarrte beim Anblick seiner Hände, die die Zügel führten. „I-Ist das Blut -?"

„Ja", knurrte Flake.

Finia bemerkte gar nicht, dass Dinaz zu ihnen stieß, kaum dass sie aus der Stadt waren. „Was... habt Ihr getan?", flüsterte sie.

„Ich habe meine Geschäfte mit Nimurel geklärt." Flake sah sie nicht an, sein Blick folgte wie der seines Pferdes der Straße. „Er war nicht sonderlich... begeistert."

„Habt Ihr ihn getötet?" Flake antwortete nicht. „Flake! Ich dachte, wir wollten einander vertrauen... Sagt mir, dass das neulich nicht nur leere Worte waren... Habt Ihr ihn getötet!"

„Natürlich nicht!", blaffte Flake sie genervt an. „Sonst würde ich wohl kaum hier sitzen und reiten... Wer war eigentlich der Casanova, mit dem du getanzt hast?"

„Ich... Er hat mir seinen Namen nicht genannt", gab Finia zu und bemerkte die unangenehme Wärme, die bei dem Gedanken aufflammte, ein fremdes Gefühl. „Wir haben nur getanzt, mehr nicht..."

Dinaz, der neben ihnen her flatterte, gurgelte vergnügt. „Oh, ich habe Euch durch das Deckenfenster beobachten können", sagte er. „Ich weiß, wer er war, in diesen Ländereien ein sehr bekanntes Gesicht."

„Wer war er?", wollte Finia wissen.

„Jaelos von Elmaera."

Flake starrte sie an. „Was, bitte?", rief er ungläubig und Finia klappte der Mund auf.

„Jaelos? Der Sohn von Nimurel?" Er schnaufte. „Pah, ein schwacher Mensch!"

„Ich bin auch ein Mensch!", protestierte Finia, doch ein Teil in ihr war sich da nicht mehr ganz so sicher. „Oder... war... Wir haben doch nur getanzt und es war wunderschön. So habe ich noch nie mit jemandem getanzt."

Flake wandte sich ab und Dinaz sprach aus, was er zu denken schien: „Offenbar hat er sich dabei direkt in Euer junges Herz getanzt!"

Finia lief nur noch röter an und war dankbar für die Dunkelheit. Sie hatte nicht oft getanzt, höchstens bei kleinen Festen im Sommer oder im Winter in einer von Elinas größten Scheunen.

Und die Liebe? Finia hatte nie groß über sie nachgedacht. Die anderen Jungs in ihrem Dorf hatten sie stets gehänselt wegen ihres Haares oder ihres verschollenen Vaters, den sie als Säufer darstellten. Nur Iro hatte ihr nahe gestanden. Als kleiner Junge hatte er ihr immer versprochen, sie eines Tages zu heiraten, wenn er ein Ritter von Graf Lirios wäre.

Träume. Es waren die von Iro gewesen. Was Finias waren, wusste sie selbst gar nicht, sie dachte nie besonders viel darüber nach.

„Vergiss ihn", meinte Flake geringschätzig und wandte den Blick wieder nach vorne. „Er ist ein Mensch, ich bezweifle, dass du ihn je wieder sehen wirst."

Etwas in Finia war sich darüber klar, dass er wohl Recht hatte. Sie musste trotzdem die ganze Nacht an ihn denken, an den Tanz, sein Gesicht, seine Augen, die sich in ihre gebohrt hatten…

Als der Morgen kam, tauchte vor ihnen eine riesige, schwarze Wand auf, die den Horizont verbarg. Ein paar Häuser standen vor ihr in ihrem mächtigen Schatten, der das Land einhüllte. Was hinter ihr lag, konnte man nicht sehen.

Finia stockte der Atem. Der Wall von Taymath. Dracos hatte ihr viele Bilder von diesem Bauwerk der Zwerge gezeigt, die er selbst gemalt hatte. Er zog sich am Horizont entlang vom Leayun-Gebirge im Süden bis zur Bergkette nördlich des Tales. Ein Ende der Schlange, die sich durch das Land schlängelte, war nicht zu sehen.

Flake hielt sein Pferd auf einer Hügelkuppe, von wo aus man das einzige Tor des Walls sehen konnte, halb versteckt von den Häusern einer kleinen Siedlung. „Das ist er also", sagte Dinaz ehrfürchtig und landete bei ihnen im halbhohen Gras. „Der legendäre Wall… Er ist noch um einiges größer als in meiner Vorstellungskraft!"

„Dem stimme ich zu", nuschelte Finia.

„So toll ist er nun auch wieder nicht", grummelte Flake und trieb sein Pferd langsam auf die Siedlung zu, die von hohen Palisaden geschützt wurde. „Hör gut zu: wir durchqueren den Wall erst in der Nacht, es gibt nur das eine Tor. Wenn dich jemand fragt, du bist Händlerin aus Lirna, die Erze kaufen will. Bleib unauffällig und sehe dich ruhig um."

Finia nickte gehorsam.

„Und ich?", erkundigte sich Dinaz.

Flake winkte desinteressiert ab. „Passt ein bisschen auf sie auf", sagte er. „Ihr seid von Eurem Äußeren auffällig, aber nicht von Eurem Beruf. Wenn Euch ein Soldat fragt, seid Ihr der, der Ihr seid."

Finia runzelte die Stirn. Als sie Lirna vor Wochen verlassen hatten, hatte er Dinaz mit Abscheu behandelt. Aber seit einiger Zeit wandelte es sich in eine neutrale Höflichkeit um, die einen verwunderte.

Sie durchschritten ein Tor und betraten die Siedlung, ohne von Soldaten, die überall patrouillierten, aufgehalten zu werden. Es gab nur wenige Gebäude, schlichte Holzbauten, eine Schmiede, ein Gasthaus, ein Lager für die Soldaten von Elmaera, was am größten von allen war.

Flake hielt sein Pferd vor dem Gasthaus, aus dem die zarten Töne einer Harfe drangen. „Wir sehen uns dann heute Abend", sagte Flake kurz angebunden und Finia stieg vom Pferd. „Bleibt weg vom Tor, bis ich da bin!"

Er trabte davon und verschwand an der nächsten Ecke hinter der Schmiede, von der Hammerschläge umherhallten. Sie erinnerten Finia wieder an das Gespräch mit Martell und sie ärgerte sich, ihm nicht das gesagt zu haben, was sie hatte sagen wollen.

Aber… Wäre ihr das eigentlich erlaubt gewesen?

„Ich werde aus Sir Flake nicht allzu schlau", gab Dinaz verlegen zu und trottete an Finias Seite durch die schlammigen Straßen. „Hat er Euch nicht erst in Elmaera einfach verlassen? Ich sah so einiges durch das Fenster im Dach."

„Ich frage mich, ob er den Lord wirklich nicht ermordet hat", nuschelte Finia und der Gedanke erinnerte sie mit einem Schaudern an seinen Mord an den beiden Silberfüchsen, die wohl noch immer in der Höhle lagen. Aber verdient haben sie es, dachte sie und erschrak zugleich über solche Gedanken.

„Unwahrscheinlich", meinte Dinaz und runzelte seine schuppige Stirn. „Der elmaerische Lord hat viele Freunde, mächtige Freunde. Es wäre unklug von Ray, Sir Flake solch einen Auftrag zu geben.

Ah, seht doch!"

Sie blieben auf einem kleinen Vorplatz nahe dem Tor stehen, das durch den Wall auf die andere Seite führte. Allein das Tor wirkte monströs, Soldaten patrouillierten oben auf den Mauern oder hohen Wachtürmern. „Ein wundervolles Bauwerk", meinte Dinaz begeistert, während Finia den Wall eher mit Unruhe betrachtete. „Auch wenn es ein Auftrag von Zoeil-Dron war, der den Tod seines Bruders, General von Taymath, damit ehren wollte: es ist dennoch ein Werk der hiesigen Zwerge. Zehn Jahre soll der Bau gedauert haben, und das nur, um ihn durch Oldayr zu ziehen."

„Wer war dieser Taymath?", wollte Finia wissen. „Und wieso baute man diesen Wall überhaupt?"

„Taymath war ein Oberhaupt der Elfen", erklärte Dinaz und deutete auf eine Gedenktafel in ihrer Nähe, vor der einige Männer standen; Frauen schien es in dieser Siedlung kaum zu

geben. „Wie Herr Adilor von Olday-Lum war er ein führender General im Daimonischen Krieg. Er tötete viele Dämonen…
Als er starb, fiel Zoeil-Dron in einen tiefen Schlaf, aus dem er bis heute nicht erwacht ist. Fünfhundert Jahre dauert dieser Schlaf nun schon fast an. Soweit ich weiß, ist es in wenigen Jahren soweit."

Flake streifte durch die Straßen, sein Pferd hinter sich her führend. Die Menschen, an denen er vorbeikam, Schatten ohne Gesichter, beachtete er nicht. Er zog ihre Blicke auf sich. Er war fremd hier, fiel auf.

Im Schatten eines Hauses hatte ein Mann sein Lager aufgeschlagen, ein schäbiges Zelt mit Flicken. Der Mann hatte ebenso viele auf seinen zerschlissenen Kleidern, seine Augen, die über die Passanten fuhren, waren die eines Diebes. Sie fielen auf Flake. „Flake?!", flüsterte er heiser und richtete sich aus seiner gebeugten Haltung auf. „Flake, verdammt, wo bist du gewesen? Alle denken, du seiest…"

„Ich lebe, sieht man doch", murrte Flake und trat näher. „Seit wann bist du eigentlich so ungeduldig, Dodger?"

Der Trickser unter den Dämonen grinste. „Jetzt bist du ja auch endlich da!", sagte er.

„Wo warst du so lange? Ich sitze hier schon seit über zwei Wochen rum und warte auf ein Lebenszeichen von dir!"

„Es gab einige Komplikationen, die ich nicht bedacht habe", klärte ihn Flake auf und bei einigen dieser Gedanken konnte er ein langes Gesicht nicht unterdrücken. „Phantome in Liriana, Silberfüchse an Jardios Grenzen –"

„Die Silbernen?" Dodger starrte ihn an. „Nicht im Ernst, Flake! Dann würdest du doch jetzt nicht vor mir stehen!"

Flake wurde ärgerlich und knöpfte sein Hemd auf, bis der Trickser die Narbe sehen konnte. Die, die ihn mehr geschwächt hatte als je eine Verletzung zuvor. Und es machte ihn wütend, da er die Feinde unterschätzt hatte. Mit seinem Übermut hatte er Finias Leben riskiert.

„Heute Nacht ist es soweit", meinte er und wandte sich an Dodger, der die Wunde entgeistert an gaffte. „Gib allen Bescheid, die rüber wollen, und schick eine Taube los zu Ray. Sie soll ihm ein Zeichen sein: Blanc Flake kehrt nach Terra Daimones zurück!"

Dodger grinste. Neben ihm stand ein Käfig, den er öffnete und eine weiße Taube hervorholte. Sogleich flog sie davon, hoch über die Häuser hinweg, bis sie jenseits des Walls verschwand.

KAPITEL 28: INS NIRGENDWO

Das Gasthaus, in dem Finia und Dinaz saßen, leerte sich bei Einbruch der Dunkelheit. Die Soldaten, die es gefüllt hatten, mussten zum Wall zur Wachablösung. In Gruppen marschierten sie durch die Straßen, ihre stampfenden Schritte klangen wie ein Donnergrollen.

Finia beobachtete sie durch das Fenster, an dem sie saß. Dinaz, der ihr gegenüber eine ganze Bankreihe beanspruchte, schwieg seit einer Weile. Genüsslich paffte er an einer langen Holzpfeife, von der Rauch aufstieg. „Sagt mal, Dinaz", fing Finia nachdenklich an, den Blick zum Wall, „wisst Ihr etwas über das Land, das hinter dem Wall liegt? Wo wir hinwollen?" Dinaz paffte grübelnd weiter. „Es gibt nur einen mir bekannten Namen", meinte er. „Sie nennen es das Land von Daimon, dem Gott der Finsternis. Oder einfach Terra Daimones. Ich hielt es stets für ein Märchen… Ein Land, in dem Dämonen leben, durch den Wall abgeschottet vom Rest Dawnarias. Die Elfen sangen in Trauer darüber, wie Daimon einst die Dämonen erschuf, um Dei, seinen Bruder, den Gott des Lichtes, zu bekämpfen. Ich könnte Euch viel über ihren Krieg erzählen, aber Sir Flake will ja heute noch hinüber."

Er gurgelte und das war wohl seine Art, zu lachen.

Sie verließen das Gasthaus. Die Nacht war hereingebrochen und Laternen, Fackeln oben auf dem Wall, erhellten diesen Ort. Am anderen Ende der Siedlung stieg Rauch auf, ein Glimmen erschien, das den Wall entlang zog, genau auf Finia und Dinaz zu. „Was ist da los?", fragte Finia nervös, einige Soldaten brüllten und liefen mit Eimern durch die Straßen, wild durcheinander. „Da brennt was!"

„Scheint mir das Werk eines Feuerdämonen zu sein", stellte Dinaz stirnrunzelnd fest.

Und wie zur Bestätigung seiner Worte preschte Flake auf seinem Pferd auf sie zu. Ein Grinsen lag in seinem Gesicht, er ließ die Arme umherpeitschen wie ein Tänzer und aus seinen Händen sprossen die Flammen wie rote Dornenranken hervor.

„Flake!", schrie Finia und konnte das Entsetzen in ihrer Stimme nicht unterdrücken.

Flake hielt nicht an, Finia wurde im Ritt am Arm gepackt und zerrte sie hinter sich in den Sattel, Dinaz stieg brüllend zum Himmel auf. „Was macht Ihr denn!", schrie Finia Flake an und sah zu, wie eine weitere seiner Feuersäulen ein Lagerhaus ansteckte.

„Mach lieber mit!", lachte Flake, den Finia noch nie so vergnügt erlebt hatte.

Sie starrte ihn an. Er wollte, dass sie es nutzte. Das, was die Silberfüchse in ihr geweckt hatten. Die Macht, die im Stillen in ihrem Körper pulsierte, jede Minute, ohne Pause und selbst im Schlaf.

Mitten auf dieser Hetzjagd stockte Finia der Atem. Der Rauch, der Gestank nach Feuer, Asche, die Schreie der Menschen, die versuchten, die Brände zu löschen – das alles löste ein beklemmendes Gefühl in ihr aus. Alles um sie herum schien in Zeitlupe abzulaufen, eine dumpfe Stille senkte sich über sie. Dann hörte sie es plötzlich. Ein fernes Trommeln, sah nirgends den, der es spielte. Bis Finia klar wurde, dass nur sie es hörte. Es kam aus ihrem Innern…

„Siehst du das Feuer?", sagte Flakes Stimme in weiter Ferne. „Hörst du die Trommeln? Ergib dich ihrer Macht und lass sie fließen!"

Es hatte keinen Sinn, sich zu wehren, und Finia ließ es geschehen. Ihre Hände prickelten unangenehm, sie hob den Kopf und sah einen Soldaten, der auf sie zukam, ein Schwert erhoben. Der Mann ließ es jaulend fallen, denn die Klinge schmolz unter seinen Händen einfach dahin.

Ehe Finia das Geschehen realisierte, waren sie schon weiter galoppiert. Ihr Blick fiel auf ein nahes Gebäude, es grollte und sogleich stürzte es wie nach einem Erdbeben in sich zusammen, Holzbalken splitterten, Ziegel schossen über die Straße.

Keuchend fiel Finia gegen Flakes Rücken. „Man muss ja nicht gleich übertreiben", meinte er und hielt sie fest, vor ihnen tauchte das Tor des Walls auf. Das einzige. „Verdammt… Es ist noch verschlossen. Wo sind die anderen?"

Wen er meinte, wusste Finia nicht. Verschwommen tauchte das massive Steintor vor ihnen auf, über dem Dinaz brüllend kreiste. Es war fest verriegelt, Soldaten versperrten mit ihren Speeren den Weg. Verschwindet!, schrie eine Stimme in Finias Inneren, begleitet von den Trommelschlägen. Verschwindet, ich will nach Hause. Aus dem Weg!

Es gab eine Explosion, als wäre das Tor von innen heraus gesprengt worden. Menschenleiber segelten durch die Luft, Steinblöcke, größer als Flakes Pferd, sprengten rollend auseinander und zermalmten alles, was ihnen in den Weg kam.

Flake war der einzige, der jubelte. Er hielt Finia noch immer fest, die kurz vor der Bewusstlosigkeit stand. Das Pferd sprang in weiten Sätzen durch die Trümmer des Tores, Kies einer Straße wirbelte auf und der Wall verschwand aus Finias Sichtfeld. „Das", sagte Flake zufrieden, „das, Finia, war Magie!"

KAPITEL 29: FERNE LANDE

Iro war es leid geworden, durch Städte und Ländereien zu ziehen. Die letzten waren die von Oldayr gewesen, wie auch in Liriana keine Spur von Finia. Allein der Gedanken seines Schwurs gegenüber Clay Iraney, dass er nicht ohne ihre Tochter nach Elinas zurückkehren würde, hielt ihn davon ab, auch nur in die Nähe des Dorfes zu kommen.

Nun war Iro dennoch zurück in Liriana. Er trieb sein lahmes Pferd durch das Dickicht irgendeines Waldes im Norden, die hohen Berge des Zwergenreiches in seinem Rücken. Das Tier ließ seinen Kopf ebenso hängen vor Erschöpfung wie Iro, die Mähne klatschnass vom Regen, der ihn seit Beginn seiner Reise verfolgte.

Iro wusste nicht, was er falsch gemacht hatte. Er hätte Finia doch finden müssen, so energisch wie er hinter ihr her war. Er hatte immer geglaubt, das Schicksal würde sein Handeln gut heißen und ihn zu ihr führen. Oder den bestrafen, der sie mit sich genommen hatte.

Die Bäume des Waldes waren so dicht, dass Iro sein Pferd nicht stur hindurch treiben konnte. Die Äste falteten sich über ihm zu einem dichten Netz und die Straße war schlammig vom Regen der letzten Tage. Andere Reisende kamen einem hier nicht entgegen, als mieden sie diesen Ort. Auch war es ungewöhnlich still, wenn Regen und Wind erst einmal für ein paar Sekunden zur Ruhe kamen. Kein Vogel und sonst kein Tier waren zu entdecken.

Plötzlich tauchte vor Iro ein Mann auf, ein Speer in der Hand. Er war groß, ungepflegt und zerlumpt. „Halt!", schnarrte er. „Vom Pferd runter, aber schnell!"

„Wieso sollte ich", erwiderte Iro müde und bemerkte die anderen Gestalten, die aus dem Wald kamen und ihm jeden Fluchtweg abschnitten. „Macht den Weg frei, ich bin nur auf der Durchreise."

„Durch unseren Wald", sagte der Mann. „Dies ist der Räuberwald, also gib alles heraus, was du bei dir hast, Bengel, und wir lassen dich vielleicht am Leben."

Iro ignorierte die leere Drohung und zog sein Schwert. Er hatte es sich besorgt, als er Finia in Lirna gesehen hatte, um den Mann zu richten, mit dem sie verschwunden war. „Macht den Weg frei", wiederholte er. „Ich muss jemanden finden, also…"

Weiter kam Iro nicht. Ein Pfeil traf ihn in die Schulter und warf ihn rücklings vom Pferd. Japsend landete er im Schlamm, der umher spritzte und sich rot verfärbte. „Idiot!", schnarrte der Bärtige den Schützen an. „Du solltest ihn doch am Leben lassen!"

„Jetzt ist es nun einmal passiert, Forot", meinte ein weiterer Mann mit Blondhaar und blassem Gesicht. Ein Elf?, dachte Iro, der von unten herauf seine spitzen Ohren sehen konnte. „Schaffen wir ihn ins Lager."

„Aber Solail!"

Der Elf Solail kam auf Iro zu und kniete sich neben ihn. „Du wirst nun mit uns kommen", sagte er, packte den Pfeil an Iros Schulter und riss ihn gewaltsam heraus. Iro brüllte vor Schmerz. Seine Stimme erstarb schnell und Dunkelheit legte sich über ihn wie ein Zelt.

Finia fühlte sich, als hätte sie eine Schlägerei mit einer Meute von Söldnern hinter sich. Sie lag zwischen den Wurzeln einer Birke, die ihre Äste über die Kuppe eines grünen Hügels ausstreckte und Finia mit ihrem Schatten kühlte.

Geschlaucht setzte sich Finia auf. Vor ihr am Hügel stand Flake, die Hände in den Taschen seines Mantels vergraben, und sah nach Osten.

Dort war der Wall von Taymath und Finia erschrak, wie nah sie ihm noch waren. Klar lag er da und noch immer stieg Rauch auf in den sonst blauen Himmel, das Tor lag in Trümmern, die im hohen Gras verstreut waren. „Wieso sind wir noch hier?", fragte Finia und erhob sich, taumelte.

„Wieso sollten wir fliehen?", fragte Flake zurück und wandte sich grinsend zu ihr um. „Dies ist unser Land, die Menschen wagen es nicht, den Wall zu durchqueren, um uns für unser Feuerfest zur Rechenschaft zu ziehen. Ich kann mich gar nicht erinnern, wann es zuletzt ein Mensch hierher gewagt hat…"

Er kam auf Finia zu und stützte sie. „Du hast etwas übertrieben", meinte er. „Das ist normal, dass du jetzt geschwächt bist. Aber für den ersten Versuch – nicht schlecht! Da stellen sich selbst ausgebildete Dämonen tollpatschiger an."

Zum einen war Finia auch begeistert, aber andererseits fürchtete sie sich noch immer, davor, dass die Trommeln erneut erklangen. Was, wenn sie andere verletzt hatte? Oder gar schlimmeres.

Finia sah an Flake vorbei. Am Fuße des kleinen Hügels standen Flakes Pferd, Dinaz und noch etwa zehn weitere Personen, sehr viel mehr Männer als Frauen. Unter ihnen waren auch Kea Flor und Hawk, die mit den anderen plauderten. Sind das alles Dämonen?, fragte sich Finia stirnrunzelnd und musterte sie, fremde Gesichter, kein Unterschied zu Menschen. Und ist es das, ihr Land?

Sie sah sich um, ließ den Blick über ein grünes, blühendes Land schweifen, das im Licht der Sonne badete. Alles spross und war friedlich, ganz anders als in Finias Vorstellung. Keine Spur von Blut, das den Boden bedeckte oder vom Himmel regnende Asche. Keine Spur von Mördern und Schatten. Allein das Lachen der Dämonengruppe lag in der Luft.

„Alles in Ordnung?", fragte Flake, der Finias Verwirrung bemerkte, und ging mit ihr den Hügel hinab zu den anderen. „Du musst dir keine Sorgen mehr machen, die Leute sind Freunde von mir, die uns in die Stadt begleiten. Das wird die entspannteste Strecke, seit wir Elinas verlassen haben!"

159

Er lachte und erweckte den Eindruck, als seien wirklich alle seine Sorgen von seinen Schultern gefallen, die ihn so mürrisch gemacht hatten.

Finia blieb stumm und blieb ein kleines Stück abseits der Gruppe stehen. Der D-Tower war ihr ins Auge gefallen, ein schwarzes Horn, das in den Himmel ragte und unglaublich nahe schien.

Hawk war der erste, der auf Finia zukam. „Hey", begrüßte er sie gut gelaunt und folgte ihrem Blick. „Ach ja, unser Türmchen... Ich konnte ihn noch nie leiden, weißt du. Als ich ihn zum ersten Mal sah, musterte ich ihn mit genauso viel Hass wie du."

„Hass?" Finia stutzte und wandte sich an Hawk, sein Falke hockte auf dem Kopf eines Pferdes, das bei den anderen stand. „Ich... hasse den Turm nicht!"

„Nicht?", sagte Hawk. „Doch, tust du. Du bezweifelst, dass er die Mühe der Reise wert war. Und ob er dir als neues Zuhause dienen kann."

Finia schwieg und folgte ihm zu den anderen. Ihre Blicke klebten sofort an ihr, voller Interesse, Misstrauen, Erleichterung – und Hoffnung, was Finia am wenigsten verstehen konnte.

„Ein Glück, dass ihr endlich da seid", meinte ein hagerer Mann trocken, alles stieg auf die Pferde und er setzte sich an ihre Spitze. Eine Augenklappe zierte sein Gesicht und er trug die Uniform eines Generals. „Gut, dann können wir los, Sir Ray wartet sehnsüchtig."

Hintereinander setzte sich die Gruppe in Bewegung und trabte im Schritt die Straße entlang auf den Turm zu. Finia saß dicht hinter Flake und die Blicke der anderen wollten sich einfach nicht von ihr lösen. Nur Kea und Hawk, die die Nachhut bildeten, waren in ein Gespräch vertieft und ignorierten den Rest der Gruppe.

„He, Flake!"

Ein Mann kam an ihre Seite geritten, den Flake zu kennen schien. „Dodger", begrüßte er ihn tonlos. „Hat doch alles gut geklappt, oder?"

„Gut?!" Der Fremde pfiff skeptisch aus. „Du Spinner, ihr habt die halbe Siedlung in Schutt und Asche gelegt, konnte gerade noch rechtzeitig das Weite suchen!"

Finia versuchte, etwas Interessantes an ihm zu entdecken. Sie fand nur eine Art Krummsäbel an seinem Gürtel, von dem sie wusste, dass ihn die Wüstenbewohner Jardios nutzten. „Und das ist also die Kleine?", fragte sein Besitzer.

Flake nickte. „Finia, das ist Dodger", wandte er sich an Finia, „ein alter Bekannter von mir. Trau ihm nicht, er ist ein Trickser."

Der Trickser schnaubte beleidigt und Finia nickte nur höflich. „Wer ist dieser Kerl da vorne?", fragte sie und deutete auf den Anführer der Truppe.

„Ich kenne ihn", erklang Dinaz' Stimme und sein Körper tauchte zwischen den Pferdeleibern auf, Dodger starrte ihn ungläubig an. „Das ist General Glazlanthin, einer der Feldherren im Daimonischen Krieg, eine Koryphäe!"

„Alter Mistkerl trifft es besser", murrte Flake. „Neben Ray ist er Mitglied des Hohen Rates der Dämonen…"

„Hoher Rat?", fragte Finia.

„So was wie unser privates Gericht", erklärte er. „Wer Mist baut, muss vor den Rat treten, um dort verurteilt zu werden. Eigentlich hat er drei Mitglieder, aber der letzte wurde während meiner Abwesenheit neu gewählt. Irgendein… dauergrinsender Spund."

Finia überlegte nicht groß über diesen Rat. Sie bemerkte Glazlanthin, der sie über die Schulter hinweg anstarrte, sein Blick war kälter als Eis und mehr von Misstrauen erfüllt als von irgendetwas sonst. Aus irgendeinem Grund wurde Finia unwohl zumute.

161

KAPITEL 30: DIE STADT UND IHR TURM

Finia war nicht bewusst, wie weit der D-Tower noch entfernt war. Sie zogen Tag und Nacht umher, immer auf ihn zu, ohne dass er groß näher kam oder klarer erkennbar wurde. Offenbar war es nicht nur Flake, der ohne Pause reiste. Und wenn sie dann rasteten, an einem See oder einem Bach, bemerkte Finia Glazlanthins Blicke im Rücken, die sie durchbohrten wie Speere aus Eis.

Was hatte sie ihm getan?

„Frag ihn doch", meinte Kea nach einer solchen Pause, als hätte sie Finias Gedanken gelesen. „Er scheint dich nicht zu mögen, aber mach dir nichts draus, er kann niemanden leiden, wohl auch sich selbst nicht."

„Aber warum mich?", fragte Finia und bat Flake, zu dem General an die Spitze der Gruppe zu reiten. Der sah sie nicht an und hatte den Blick in eine unerreichbare Ferne gerichtet. „Herr Glazlanthin!"

„Was willst du von mir, Kind", sagte er und seine Stimme war rau und kalt wie seine Blicke. „Flake, geh wieder in die Reihe an deinen Platz."

Flake machte auf taub und reagierte nicht.

„Sir", sagte Finia energischer. „Bitte, Sir, sagt mir, was ich Euch getan habe, dass Ihr mir mit solch einem Hass entgegentretet! Ich habe Euch nie vorher gesehen in meinem Leben, ich habe Euch nichts getan und wenn ich etwas falsch gemacht habe, so tut es mir leid, aber mehr als mein Wort kann ich Euch nicht geben!"

„Flake, zurück in die Reihe!", schnarrte er.

„Antwortet mir, oder traut Ihr Euch nicht?"

Glazlanthin starrte sie an und brachte sein Pferd augenblicklich zum Stehen, die ganze Truppe musste ebenfalls anhalten, einige protestierten. „Ich und mich etwas nicht trauen?", zischte Glazlanthin wütend. „Ich habe mich in meinem Leben getraut und habe genug geopfert, als dass ich mich jetzt vor einer Göre rechtfertigen müsste!"

Betreten senkte Finia den Kopf, selbst nicht wissend, woher sie sich diese Dreistigkeit genommen hatte. Glazlanthin trieb sein Pferd wieder an, die Gruppe setzte sich in Bewegung und Flake ritt zurück an seine Position. „Sobald wir in der Stadt sind, solltest du solche Äußerungen tunlichst unterlassen", riet er Finia. „Einige haben zu viel Macht, um es sich mit ihnen verscherzen zu können. Sie können dir das Leben schwer machen."

Die Stadt, von der Flake sprach, kam am nächsten Tag in Sicht und sie durchquerten ihre massiven Tore am späten Mittag. Sie zogen durch verlassene Straßen, ruhige Straßen, in denen sich Finia umsehen konnte.

Es kam ihr wie eine Geisterstadt vor. Hohe Häuser, ein paar wenige in einem mitleidigen Zustand. Sie säumten schmale Gassen, in denen kein Lichtfunke zu entdecken war. Einige streunende Katzen dösten im spärlichen Licht der Nachmittagssonne auf den Überresten einer mit Moos bewachsenen Mauer. Menschen oder besser Dämonen, wie Finia sich selbst korrigieren musste, waren keine zu sehen. Alles wirkte grau und trostlos, staubig und leer.

Und alles lag im Halbschatten des finsteren Turmes, der am Nordrand der Stadt empor wucherte, mit Zinnen und angebauten Türmen und Erkern. Er glich mehr einer Burg, die aus einem pechschwarzen Berg gehauen worden war. Finia konnte seine Spitze von unten nicht einmal sehen, er verlor sich im Himmelblau.

Die Gruppe kam auf einem Vorplatz zum Stehen. Säulen zierten ihn, die riesigen Greifenstatuen glichen. An seinem Ende führte eine Treppe zum Turm hinauf und endete in einem Tor, das in der Fassade der Turmwände eingelassen war.

Finia stieg als eine der letzten vom Pferd, dicht an Flakes Seite. „So, da wären wir", sagte Glazlanthin zu ihm. „Ihr braucht uns ja jetzt nicht mehr, Flake. Ray wartet auf Euch, Ihr solltet sofort zu ihm gehen."

„Ja, morgen vielleicht", meinte Flake und die Gruppe verstreute sich, verlor sich im Labyrinth der Straßen.

Nur sie, Dinaz, Kea und Hawk blieben von der Eskorte übrig.

„Na, dann viel Spaß", meinte Hawk grinsend. „Wir sehen uns ja noch."

Flake nickte und wies Dinaz an, ihm zu der Treppe zu folgen, die zögernde Finia dicht an seinen Fersen. Die Treppe führte über eine Brücke, die über einen reißenden Strom führte. Über allem blieb der Turm und Finia hatte das Gefühl, er starre auf sie herab.

Erst nach Minuten schienen sie die Hallen des Turmes zu betreten. Eine Wendeltreppe führte weiter empor, immer weiter, Finia konnte ihr Ende nur erahnen und überall waren Türen, Tore, noch weitere Treppen, von nichts wusste sie, wohin der Weg führte.

Flake ging weiter voran, die Treppe hinauf, die irgendwann in einer Art Thronsaal endete, von dem weitere Treppen abführten. Statuen von verhangenen Männern zierten die Wände, Fackelfeuer brannten zu ihren Sockeln. An der Stirnseite stand ein Thron auf einem Podium, ein roter Teppich führte von ihm bis zu Finias Füßen. Neugierig drehte sich Finia um, zu hohen Fensterfassaden, die auf einen Balkon führte. Weit ging der Blick über das Land.

An ihrer Seite stand ein Koloss von einem Mann, nahezu ein Halbriese mit groben Fäusten, dicker als Baumstämme. In seinem Schatten stand ein weiterer Mann mit weißem Haar, obwohl er kaum sehr viel älter sein konnte als Flake. Etwas ging von ihm aus, etwas, was Finia nicht hätte beschreiben können, selbst wenn sie es gewollt hätte.

„Ich fasse es ja nicht!", murmelte Dinaz, der Finias Blick gefolgt war. „Sir Erase Ray!"

Bei seiner Stimme hob der junge Mann den Kopf und wandte sich zu ihnen um. Ein Lächeln umgarnte sein bleiches Gesicht. Langsam kam er auf die drei zu, der Koloss folgte ihm bei jedem Schritt. „Ah, sie hatten also die Wahrheit gesagt", sagte er und blieb vor Flake stehen. „Du bist zurück, Flake. Viele haben gesagt, du würdest nicht lebend zurückkehren und Hawk schrieb mir in seiner letzten Nachricht gar seltsame Dinge…"

„Aber ich bin hier", sagte Flake prompt und trat zur Seite. „Und ich bin nicht allein. Ich habe den Auftrag erfüllt." Er räusperte sich. „Darf ich Euch vorstellen: Finia Iraney und Soi-Jobei Dinaz, der uns begleitet hat."

„Es freut mich, Euch kennen zu lernen", sagte der Mann an Dinaz gewandt. „Ich hörte bereits, dass Flake von einem Poeten begleitet wurde. Nun, Lyrdic ist weit weg. Ihr könntet durchaus hier bleiben, wenn Ihr wollt. Die Stelle unseres Hofchronisten ist derzeit unbesetzt. Wenn Ihr bedenkt, zu bleiben, biete ich Euch diese Stelle an, um Euren Fähigkeiten hier nachzukommen."

„Ihr seid sehr großzügig, Herr", sagte Dinaz entzückt und neigte seinen langen Hals. „Dies ist eine sehr verantwortungsbewusste Aufgabe, die ich nur zu gerne übernehmen würde. Auch, um mehr über Euch und Euer Land erfahren zu können."

Der Mann nickte lächelnd.

Finia starrte ihn an. Jetzt rede endlich mit mir!, schrie eine Stimme in ihr, die sie schon am Wall vernommen hatte. Wochenlang musste ich durch das Niemandsland ziehen, um hierher zu kommen. Jetzt rede und erklär mir, warum! Warum wurde mein Onkel ermordet, warum musste ich alle verlassen, warum will man mich töten?

Und warum ich?

„Und du bist also Finia?", riss der Mann sie aus ihren Gedanken, als hätte er diese auf ihrem Gesicht bemerkt. „Ich bin froh, dich endlich kennenlernen zu dürfen. Dein Vater und ich – wir waren gute Freunde."

Finia erstarrte. Was hatte denn nun wieder ihr Vater mit alledem zu tun? „Ihr seid der Prinz der Dämonen?", fragte sie stattdessen. „Ihr wolltet, dass ich hierher komme? Dann sagt mir, warum…"

„Ich kann verstehen, dass du verwirrt bist und Fragen hast", sagte der Prinz. „Aber ich bin nicht der, der dir alle auf einmal beantworten kann. Ich wollte dich hier haben, weil ich deinem Vater versprochen habe, auf dich Acht zu geben, wenn niemand mehr da ist. Wobei dir Flake hier weit mehr gedient hat."

Flake schüttelte den Kopf. „Ich habe meine Pflicht erfüllt, mehr nicht", meinte er desinteressiert.

Finia sah ihn an. Sie konnte nichts dafür, aber Flakes Worte entsetzten sie. Sie hatten so viel Zeit miteinander verbracht, war ihm das nichts mehr wert? Nun, da sie ihr gemeinsames Ziel erreicht hatten?

„Gut, du hast deinen Auftrag erfüllt, Flake", sagte der Prinz. „Begleite noch Herrn Dinaz zur Bibliothek, dann bist du entlassen."

Flake verneigte sich und wies Dinaz an, ihm zu folgen. Sie verschwanden an einer der Treppen, die hinauf führten, ohne dass er sich noch einmal zu Finia umwandte. Verloren blieb sie in diesem Saal stehen und fühlte sich trotz des Prinzen und des Kolosses merkwürdig allein gelassen vom Rest der Welt.